猿飛佐助の憂鬱

福田善之
Fukuda Yoshiyuki

文芸社文庫

目次

一章　信濃の霧
——親のない少年。憧れと恋。無実の罪であわや焚刑に。　5

二章　京洛の巷
——出雲のおくにとの出会い。一座の不振を幸村と佐助が救う。　43

三章　大坂城
——独立真田組の出城「真田丸」。運命の女、淀君。　81

四章　大坂の陣・冬
——真田丸の快勝。佐助とお紀伊の恋。　123

五章　大坂の陣・夏
——和議。城中の「かぶき踊り」。秀頼の実父探し。最後の戦い。　161

終章
——それぞれの生と死。それぞれの別れ。　203

一章　信濃の霧

――親のない少年。憧れと恋。無実の罪であわや焚刑に。

1

佐助は、気がついたときはもう一人だった。ほかのことは、よく覚えていない。

赤子が一人で生きられるはずはなく、命を繋いでくれた女たちがいたはずだ。

たぶん信州と上州の国境に近いあたりの山間《あい》の、ほとんど例外なしに貧しい村里の痩せた女たちが、かわるがわる、しぼるようにして乳をあたえてくれたのだろう。

その乳房たちは覚えている、そんな気がする。

気がする、だけかもしれない。記憶に穴ぼこが多い。多すぎる。

「お前、どこのもんよ」

ふいに、肩をすりあわせるように身を寄せて来た大柄の汚い少年が言う。

夏の山道で、繁りほうだい生い繁る草や樹々に灼けつく日が照り、草いきれが煮えたぎるようだ。その中でこの少年の異臭は鼻をつく。佐助より二、三歳年長かもしれない。むろん、佐助は彼の接近にとうに気づいていた。

「どこから来た」

佐助は黙っている。その先の質問もわかっていたから。

すると、大柄の少年はにっと笑った。笑うと地の子供らしさが出る。

「ま、いいって……そんなこと、誰にもわからしねえよな、俺っち」

お互い身寄りのない、みなしご仲間、と決め込んだようだ。ついでに親愛の情も示したつもりかもしれない。べつに間違ったことだとは思わない。が、佐助には、それが鬱陶《うっとう》しい。で、

「俺は佐助。……きっと十二だ」と、相手の聞きたがっていることに答えてやる。

あたりまえだが、相手はちょっとへどもどして、

「お、俺は、清治……十五さ。そうか、俺のほうが三つ兄貴ってわけだ。あはは」

「二つだろう」と、佐助。

「え、どうして」

「いや、いいんだ、べつに」

「そうか、そうだよな、そんなこと、どうでも……あはは」

佐助は、珍しいことに、このとき清治という少年に対する警戒をほぼ解いた。

戦国の世に生きる孤児にとって、たとえ容易に人を信じないのは当然でも、さりとて行き会うすべてを疑ってはいられない。問題は選ぶことだ。その選択がときに危険な冒険であることは、やむを得ない。佐助はとりあえず清治について、敵と分類しないことを選んだままでである。

少年二人、前からの友達のように、しばらく歩く。話すこともない。一人には他方のことが見えるし、他方はまるでわかっていない。足の達者が共通のようだ。

「で、どこへ行くんだ……どっちへ」

清治が足を止めて言う。二人が歩いていたのは、甲州路にちかい信濃路だ。わかれ道へ来ていた。

佐助は、とりあえず清治が向かうつもりでない方を、ためらわずに指した。

「そうか、残念だな」

と、かくべつ名残惜しそうでもなく、清治が体を揺すってすたすたと佐助に背を向けて行きかけて、振り返った。

「佐助よ……」

「え?」

――お前、心が読めるのか、おれの?

と、そんな言葉を予期していたが、ちがった。

「お前って……毛が茶色くてよ、なんだ、猿みてえだな」

佐助は微笑んだ、それを指摘されるのが好きではなかったから。

で、すぐ言い返した。

「あんた、でかくて、熊みてえだよ、清治の兄貴」

清治は大きな口をあけて笑った。熊はともかく、兄貴と呼ばれたのが気に入ったのだろう。肩をゆすりあげるようにして、すたすたと遠ざかって行く。


佐助は心が読めた。

読む、ということが〈言葉がわかる〉ことを前提とするなら、赤子のころの彼にそれは無理だ。彼はただ〈感じた〉だけだ、といっておくほかないだろう。そしてその類の〈能力〉は、彼のような孤児にとって、生きるためにどれほどか不可欠のものだった、ということができる。

だから、彼には自分の〈能力〉のどこまでが厳しい生活環境のなかで必死に生きることで獲得したものか、あるいは彼の理解を遠く超えたところの何か、たとえば《天》の類の仕業に属することなのか、わかるはずもない。

だが、自分の記憶のなかの小さくはない〈穴ぼこ〉と、おそらくそれが深い関わりがあるのではないか、と、少年と呼ばれるにふさわしい年齢になった佐助は思う。

そして、いつか熱い炎を思いうかべている自分に気づく――ときにはその中から生まれたような気がすることさえある。――燃えさかる炎と渦巻く煙。そして風。

風はむしろ味方のことが多かった、と佐助は思う。火は風を呼ぶ。あっという間に家々を炎につつみ。めらめらと焼き尽くす。が、ときには、同時に煙を空に運んでくれる。

家が焼けるのは、すばしっこい動きを身につけ始めた少年にとって恐怖ではない。苦しいのは生きている生木が燃える、その煙に巻かれることだ。ぶすぶすと燻《くすぶ》り滴る血液のような樹木の汁が、煙をねっとりと重く低く漂わせ、目に鼻にまといついて息をしつこく塞いでくる。顔を地べたに擦りつけて、たとえ微かであれ水の匂いを嗅ぎつけ、その方角に、犬のように……そう、きっとおれは獣の子のように生きてきたんだ、と、切れ切れの記憶を懸命に繋ごうとしながら彼は思う。


「あの子、好かん……気味が悪いわ」

乳房の主たちをじっと見つめる佐助の眼が、乳飲み子のころは可愛いとされたのに、成長して幼児に近づくと怖がられた。

「あの眼……」

「そうじゃ、あの眼が言うとるんよ――あんたらおれを、厄介ものじゃ、邪魔なガキじゃって思うとる……わかっとるで、て……」

「そうなんじゃ、もっと早うに始末しときゃよかった……ああ、そりゃ可哀そうさ。でもいまどき、みなしごなんて珍しうもないし……それに、こっちがほんまそう思うとるときに限って」

「そう、そうなんよ、そんなとき決まって……眼が合っちまう、あの眼と……ぞっとするんじゃ」

で、捨てられかけたとき、それが初めてではなかったような気がしていた。ともかく佐助はその里から逃げた。誰も探さなかったに違いない。

彼は能力を隠すことを覚えた。心を閉じ、また開く。成長とともに、それに慣れた。


「さびしくないの」

声が聞こえた。どきっとした。姿は見えない。なぜか鳥肌が立った。

「だれだ？　おまえ」

急いで切り返したのは、間を置くとつけ込まれる危険があるからだ。正体の見えない相手ほど、そうだ、と経験が佐助に教えた。

ここは山道。急速に日が翳《かげ》って、暗い。

「ごめん……」

と、その声がまたいう。幼い女の子のものに聞こえる。そしてその気配が急速に遠ざかろうとする。

「待てよ、待ってくれ」佐助は、われしらず懸命になった。「なぜ、どうしてお前、そんなことを」

するると幼い女の子の気配が——ぽかんとした。問われたことの意味が理解できないようだ。佐助は張りつめた全身の警戒を解かない。

「ああ……あたいの言ったこと?」

佐助はわずかに頷く。相手には彼の緊張はまるで伝わっていないようで、のんびりとした様子は変わらない。

「ああ……それはね、きっと」

「……きっと?」

「あたいが、さびしいから」

夏の信濃路の山間では、急に霧が湧いて流れる。霧のなかに小さな影が一瞬浮かび、そして霧の速い流れとともに、気配も消えた。

まず郭公の声がふいに戻って来たように耳をつき、つられるようにさまざまの鳥や虫たちのざわめきが、佐助を包む。日射しもまた灼けつくようだ。そしてこの草いきれ。おそらく、さっき清治と名乗る大柄の少年と別れてから、いくらも時が経っていない。

——からかわれたのか、おれは。あの子に。

あの子？　子供か？　それとも……

なにか、引っかかるものがある。あの幼い女の子、どこかで会ったことがあるのか？　思い出せない。記憶の中には、ない。が……おれの記憶の中の穴ぼこと、関わりのあることか？　たとえば、炎と煙……

蝉の声がうるさい。佐助は呆然と立ちつくしている。

2

そのころも合戦や小競り合いは絶えなかったし、大きな合戦のあとはきまって盗賊の群れが横行した。そしていつも彼らの都合だけで、あっさり村は焼かれた。すると、佐助は村をはなれて移動しないわけにはいかない。

一人で、山に暮らすこともできる、と知っていた。そのほうがよっぽど気楽だとも。しかし、

——猿みてえなおれが、猿みてえに暮らして、どうなるんだ。

人のなかに生きなきゃ。そんな気がした。なぜか、わからない。

——おれは、人が好きじゃないのに……嫌いなのに。

この時代の村里は、流れてくるみなしごに寛大だった。

「おまえ、よう働くな、ちっこいのに」

佐助は小柄で、歳より幼く見えた。力仕事は無理とみなされて、男たちの仕事より女たちの助けにまわることが多かった。むろん、そのほうが楽というわけでは全くない。彼は人のいやがる仕事も進んで引き受けた。人に嫌われたくなかった。

それでも、ひとつ村里に長くいることはなかった。流れ者の、群れをはなれた離れ猿だった。


ある村で、すみという女が、佐助を実の弟のように愛《いと》しがった。もう嫁に行ってているはずの年齢だったが、夫になる約束の男は、合戦に狩りだされて——あるいはそこに野放図な夢を抱いてか、村を離れたきりだ。

「さぁ坊」と、おすみは佐助を呼んだ。「私といっしょにいて」

佐助がねぐらにしていた納屋から離れて、母屋へ移ってこい、と言う。

おすみのところへ忍んでこようとする村の若者は少なくなかった。おすみと許嫁の作蔵は、村では目立った眉目《みめ》うつくしい一対だったし、作蔵の帰りが知れないとなれば、わっと競争者がひしめくのは当然だ。

彼女は佐助を側におくことで、それを防ごうとしたのか、それに関して佐助は彼女の心を読もうとはしなかった。何といっても婚約者の男が帰ってくる可能性がないわけではなかったし……それに、ある日の夕闇に、行水をする彼女を見てしまった。

そのことじたい、この時代に珍しいことではない。ただ、佐助は彼女の熟した乳房に眼を吸われ、そのことにおすみも気づいて、笑った。

「さぁ坊、まだお乳吸いたいの……」

佐助はおそらく真っ赤になって、つよく首を横に振ったはずだ。

その夜、男手のないおすみの家で日中きびしく働いた佐助が、すとんと寝入っていると、揺り起こされて、眼の前にいきなり乳房があった。

「あ、痛い……さぁ坊……」

強く吸いすぎたのだったか。

「こら……やさしくしなきゃ、男は……」

女の手が佐助の前にのびて、驚いた声になった。

「おや……あら……」

しかし、すぐに手を引っこめて、自分の寝床に戻った。

佐助は、彼女の心を読む勇気がなかった。もっと触れていてほしいと思った。が、おすみは背中を彼に向けて、寝息を立て始めていた。

おすみに焦がれている若者たちの心は、読むまでもなかった。誰もが彼女の体をほしいだけだ。で、若者たちの何人かは、露骨に佐助を嫌いはじめた。

「まだ子どもでねえか」と、庇うものもいたが、

「いや、なかなか子どもではねえぞ。みろ、あの大人びた眼つき……」

「よく働くでねえか。気働きもええ」

「ああ……良すぎる気がするで」

と、おすみに一番執着している権次という男が、狐のような眼を光らせて言った。すぐ佐助の耳にもつたわった。嬉しい話ではない。気働きがいいとか、気配をよく察する、などは心を読むことと隔たるところ一歩だ。その一歩が常人には越えがたいものであるにせよ。

佐助は自分の特別な能力を知られたくない。特別なことはつねに危険だ。この種の噂とか邪推の類は、素早くひろがり、増幅しがちなものだ。これまでなら、すぐにこの里を離れる手立てを案じていたろう。が、佐助にも人に対するこだわりが生じていた。おすみのために、なにかしてやりたかった。

じつのところ、ほとんどそれだけを考える日々が続いたが、十二歳の少年にすぐさま出来る何があるわけもない。

おすみ自身にも、帰ってこない作蔵という婚約者のほかに、好ましく思う青年が生

じていた。助市という、様子のいい、口下手だが真面目な青年で、佐助にも隔てなく接していたし、心をのぞいても悪意が見えない。嫌う理由がない。おすみが抱かれるなら、助市が増しだと思えた。それに、自分にしつこく白い眼を向ける権次たちの鼻を明かしてやりたくもあった。

きびしい冬が来て、やがて正月が来た。佐助にとっては覚えているかぎり初めてという気がするあたたかい気分の正月だった。十三歳になった。

が、おすみの待っている作蔵は帰って来ない。風の噂では、縁あって蒲生氏郷という結構名の知られた大将の足軽頭に取り立てられ、氏郷の死後も主人を何度か替えて、あちこちと戦場を駆けめぐっているから、帰りはいつともしれない、とのこと。別棟に住む老いた親たちは、

「まあ、生きてさえおってくれれば」

とむしろ希望を持ったが、おすみはかなり落ち込んだ。

「あの人、私のこと忘れたんかね、違うかね……どうおもう？　さぁ坊……」

佐助には、どう答えようもない。ただ、ますます彼女のもとを離れにくくなった。

そんなとき、薪採りの山で、助市と言葉を交わす折りがあった。真面目で知られたこの男も、行かず後家になりそうな気配のおすみに対する関心は、この村の若者なみ

に、ないわけではない、とそこまで見て取って佐助は、

「うちの姐《ねえ》さんが、のう」と、独り語りにつぶやくように、切り出してみた。

「おお、おすみちゃんが、かや？」

「助さんの名前、呼んどった……」

つねひごろ口数のすくない佐助の呟きだから、効き目があったのだろう。

「え？　おれの名を？　……誰が？」

——勘もあたまも、切れるほうじゃねえなあ。

そう思いながら、とぼけて、

「あ、ごめん……寝言なんじゃ……姐さんの」

「寝言……おすみちゃんのか？　……おいっ」

「ごめん、おいらもきっと寝ぼけてたんだ……でも、そう聞こえたがなぁ……助市さん、て……土間で夜なべしながらうつらうつら舟漕いどったで、おいら、びっくらしたで……」

助市は、考えこんだ。やがて「ふン、寝言か……」と言って、照れたように佐助を見てにやっと笑った。

彼の胸にもやもやと巻く渦の中に、みるみるおすみの姿が大きくなって行くのが、佐助にはあざやかに見えた。

おすみのほうは手間がかからない。もともとその気があったところへ、作蔵についての嬉しくない知らせで、いっそ自棄《やけ》な気分でもあった。渡りに舟である。

「さぁ坊……お前、母家に寝ていいよ」

と、このところ元の納屋に寝起きしていた佐助にいう。

「私は、納屋に寝たいんだ」

以前の、作蔵と逢っていたころ、などと、むにゃむにゃわからないことをいう。もう彼女には助市に抱かれる思いだけが、溢れるばかり。

佐助には、心が読めるといっても、言葉や文字が見えるわけではない。人には《気》というものがある。佐助が真剣に相手に意識を集めると、《気》が形になって見えることがある。多くの場合顔から上体に、靄か霧のような、ときに曖昧な、ときにはくっきりとした、いわば《気》の流動する渦が感じられる。

それは誰にでも感じられる、あるいは見えるものだと、以前は思っていた。が、かならずしもそうではないらしいと、しだいにわかって来た。——それにしても、その流動する《気》の渦が、何を意味し語っているか、それを読みとるのは、なお少年である佐助の、器量しだいのようだった。

佐助が助市にいわば罠をかけたとき、乱された助市の発する《気》の渦には、おすみの姿がうかび、みるみるうちにそれが広がって、明確な像をいくつも結んだ。そこには行水する彼女の裸身があり、さらに、かたく締まってなおたっぷりと量感のある乳が大きく佐助の前に迫った。――佐助は愕然と気づいた。これは自分の心の影だ。

心を読むとは、どうやら自分の器量の幅で理解することだ。すると、まだまだ自分には、人のために人の心を読むなど、遠い夢物語にすぎないらしい……

3

納屋におすみが臥せった夜、母家に寝た佐助は、納屋の気配を窺《うかが》おうとはしなかった。大人どものことだ、と思おうとした。宵のうちから上気して顔を赤らめているおすみが、なにやら生々しく嫌だった。聞き耳を立てまいとして、ほかのことが思い浮かぶにまかせた。

「さびしくないの?」

そんな声が聞こえる。

――あいつ、なんだったんだろう?

去年の夏、暑さに灼けるような山道で、ふいに風が起き、湧いて流れた山霧のなかから声をかけられた。

姿も、年のころもわからない。覚えているのは声音だけだ。幼い童のようにも、また自分と似た年格好の娘のようにも聞こえた。

――名前だけでも聞いておけばよかった。

そのうち、深く眠り込んだ。

納屋で、騒ぎが起きている。おすみが叫んでいる。

「いやだっ……いやっ、お前なんか、だれが……放して……」

女はわからない、と思った。

「助けて……さぁ坊……」

助ける必要があるとも思えなかった。

が、名を呼ばれては、起きないわけにもいかない。寝床から這い出して、土間へ下りて潜り戸を細目に、納屋の方角を見た。月が明るい。

「ああ、いやっ……いやっ……」

おすみの泣くような声が続いている。

すると、佐助はもう一人の男の影に気づいた。彼は納屋の中を窺っている。覗いている。

それが助市だとわかって、佐助は驚いた。では、中の、おすみに声を立てさせているのは、だれだ？

やがて、わかった。それは権次だ。あの佐助を嫌っている狐目の男だ。

すると、どういうことなんだ。おすみと助市の間に暗黙の約束が成り立ち、今夜彼女が助市を待っていたことは疑いない。すると……助市は、許嫁のある女に忍ぶ度胸がなく、さりとて諦める気もなく、つまり一番槍を権次に譲ったのか？

真面目一筋と評判の高かった助市は、ただ臆病なだけの男だった。佐助には、そこまで読めなかった。比べれば、いまや一途におすみの体を溶かし喜ばせることに執念を燃やしている狐目の権次が、まだましじゃないか。

助市は覗くのに夢中で、佐助に見られていることに気づきもしない。上気して体を細かく揺すっている。

おすみの声が、いつか質を変えている。権次にしがみついて、高い声をあげ続けている。助市はどうする気だろう。やがて権次に交替して、二番槍と行くつもりなのだろうか。

おすみの声が絶叫にちかくなった。

佐助はそのまま家を出て、山に分け入った。適当な木に登って、村を遠く木の間がくれに見下ろす。もうあそこへ帰ることもあるまい。

恰好の枝に身を横たえて目をつぶる。その自分の姿を猿みたいだと思う。結局、いつかの大柄な少年が言った通りだと思う。

——猿だ、おいらは。離れ猿だ。

目を開くと、夜空に天の川が光っている。

——猿にも、あの星たちは、おいらたちと同じように見えるのかな。

いつのまにか眠ってしまったようだ。

「おい……佐助」

声をかけられた。野太い声だ。

下の方の幹に、おっかなびっくりつかまっている大柄の少年がいる。清治だ。

熊は木登りが得意ではないらしい。佐助は体と手をいっぱいに伸ばして、重い図体を引き上げてやった。

「なにか、用か」

と、息を切らしている清治に言った。

「もっと気の利いたこた、言えねえのか、猿」

「ふん、しばらくだな、とか何とか、か？」

すると、清治はすこし満足そうな顔になった。

「おお……もっとも、おれっちのほうじゃ、ながく眼を放したつもりはねえがな」

「ふうん」

と、佐助は考える眼になった。

たしかに、言われてみれば何処かから自分を見つめる眼を、ときたま感じることはあった。

が、佐助のような〈いつも余所者〉の立場に慣れた少年には、頬に突き刺さってくる視線の類をいちいち気にしてはいられない。それにしても、この鈍重そうな男の眼が、その視線たちのなかに混じっていたとは。

「で、どうする？　佐助、これから」

「どうするって」

近寄せて来る清治の、十六にしては濃い髭面に、本気で心配の色が浮かんでいる。いまごろになって佐助は、さっきまでの夜の気配が消えて、顔の細部まで見て取れる明るさになっていることに気づいた。宵からの出来事つづきに、やはり気を奪われていたのだろう。現にいまも清治の心を読もうとする余裕がない。

「見ろ」

と、清治は佐助が後にしてきた村の方角を指さそうとして、枝からずり落ちかけ、あわてて辛うじて顎をしゃくることで代用した。

佐助は息をのんだ。明るいのは朝が白んだだけではなかった。村が燃え始めていた。

佐助は村へ駆け戻る。清治もぴったりついて走る。

村人たちが立ち騒いでいる。馳せ回る駒音も聞こえる。風があるから煙は空へ上り、その煙を炎が染めて実際以上の大きな火の柱に見える。駆け抜けて行く見知った村人の一人に、様子を聞こうとする佐助の腕を、強引に清治が引っ張って止めた。

「ばかっ……」

佐助には何が馬鹿なのかわからない。が、清治の馬鹿力に木蔭に引きずりこまれた。

「放せっ、おすみ姐さんは、どこに」

「聞け、佐助。おれがいま、お前に必要なことだけ話す、おれの知ってるかぎりのな、聞けっ」

馬鹿力で、抱え込んだ腕を放そうとしない。

混乱した頭のなかで、ともかく清治に聞き返した。

「この火事騒ぎはなんだ、峠を越えたさきの何処かの合戦の流れで、落ち武者狩りか？」

「それもある」と、清治は答えた。

「なんだって、それも？」

清治はとつとつと語る。——ここらあたりの村里は戦国大名たちの押し合いで、しょっちゅう領主が変わる。珍しいことじゃねえ。それはお前も知ってるだろう。で、追われた元の主人のほうは折りあらば前の領地をとり返そうとするし、いまの主はそれに脅えてびりびりしている。

「ふん。で、それで?」

「だからよ、小さな火種が、たちまちぱぁっと燃え広がるんだ、このあたりじゃ、いつも……で、こんどの場合、火事の火元は」

と言いさして、清治は佐助の顔をじっと見た。

「なんだ、どうした……なんなんだよ、その眼は?」

佐助は、清治に自分の心を読む力があるなどとは夢にも思ってもいない。しかし、いい気持ちはしない。それにおすみの安否を知りたく思う気持で焦っていた。

すると、清治は思いもかけないことを言った。

「佐助……おまえが火つけたんじゃねえな?　おすみの家に……おい」

その言葉が自分に言われたとわかるまでに時間がかかった。

――なんだって?　火元が、おれ?

すぐに声が出ないのは自分が激怒しているからだった。

「ばっ……馬鹿抜かせ、こ、この」

熊のように太い首に手をかけ、ついでに足も桶のような胴にからめて、思い切り締め上げた。

清治は目を白黒させて、

「わ、わかった、放せ、その細っこい手を、放せ……わかったから、おいら、お前を信じるから……いや、信用してるって、前っから……」

清治は、佐助がようやく手を放したあとも、猿は木にぶら下がっから腕力だけは強えんだな、などと、首をさすりながらつぶやいて、話を続けた。

「あのな、火元がおすみの家で、たぶんお前の寝泊まりしてる納屋から燃えだしたことは、ほんとうかもしれねえ……証人がいるからな」

助市と権次だ、とすぐわかった。清治の心は、開けっぱなしだから。

「助市の野郎は村の肝煎《きもい》りの甥だし、権次はその取り巻きだ。知らなかったのか？」

知らなかった。というより、そんなことに興味がなかった。流れ者の孤児としては、たるんでいたのかもしれない。——清治の話は続く。

「で、おすみに一番熱心だったのが権次なのはみんな知っていた。が、助市がからんでくると、権次は助市に女を譲るんじゃないか、と見る向きも出て来た。おすみは毎晩お前を抱いて寝ているから、誰にも靡くまい、とも言われていたようだな。おっと、村の噂を耳に入るままに教えてやってるだけだぜ……」

疾駆してきた数騎の騎馬武者が、火に脅えてすくみかける馬たちを、手綱を引き締めて嘶かせている。

「いかん、役人どもだ。やつらに見つかると面倒だ、逃げろ、佐助」

「待てよ、清治、なぜおれが逃げなきゃならない？　それに、姐さんの行方を、おれは」

「まだわからねえのか、ばか猿。お前が付け火の犯人と決めつけられてるんだっ！　──それに、おすみはお前と一緒に逃げたと思い込んでるよ、みんな。そう言いふらしてるんだ、助市と権次が」

清治に引きずられるようにして、佐助が木蔭から飛び出たとき、目の前にかぶさるように黒い姿がよぎり、がっくり膝をついた。炎の照り返しで空も赤い。見て取れたのは、それが落ち武者らしいことだった。身分のある武士ではない。足軽だろう。彼は潜んでいた家なり小屋なりが燃え上がって、やむなく飛び出したのかもしれない。風が煽った火の粉が傷ついた彼にまといつく。

彼は何かを叫んでいるようだが、この混乱と喧騒のなかではまるで聞こえない。人の名を呼んでいるようにもきこえ、思わず佐助が寄ろうとすると、また清治が凄い勢いで彼をひっぱり、二人は燃え上がる村から毬のように転がって離れた。

山に分け入って、喧騒も炎もやや遠く感じられるところで、二人はまた話す。

「峠を越えて、そうさな、並の足で三日という辺りに、またぞろ合戦があったんだ」

と、清治。「運がなくて負けたほうが散り散りに逃げ、この里にようやく辿りついた……ところが、そいつを迎えたのは、火事だった、というわけさ……勝った側は、どこの誰が火をつけたにせよ、得たり賢しってこんなことをいうんじゃねえか？　手間がはぶけて御の字、いさんで残党狩り、落ち武者狩りよ」

「哀れな気がする……」と、佐助。「さっき会った落ち武者……」

「哀れがったって、仕様がねえだろう」と清治。

「そりゃそうさ……だけどおれは、あの落ち武者が、人の名前を——女の名を呼んでいたような気がするんだ」

「おれもそう思う」

と、清治は意外な相槌の打ち方をした。

「女の名前だったよ、ああ」

「なんだ、清治……あの人を知ってたのか？」

すると、清治は大きな体を小さく縮めるようにして、

「すまねえ、佐助……おれは、あいつを前に見たことがあるんだ……」

「へええ」

佐助は、ふいに不安が雲になって自分を包むような気がした。

「あれは、作蔵だよ」

「え？」一瞬、わからなかった。その名前が遠かった。

「あいつの呼んでいた女の名は」

清治が続けた。

「おすみさ、許嫁の」

佐助は立ち上がった。清治は大きな体を折って、頭を下げた。

「頼む、嬉しくない話だろうが、聞いてくれ。なんていうか、おれは、そのほうがいいと思うんだ、お前が事実を知ったほうが、お前のために……」

そして、佐助がおすみの家を出たあとのことを話した。

権次が一番槍で充分におすみを仕留めたあと、なかば気を失った状態の彼女に、助市が替わって重なったとき、気づいた彼女の惨めさは倍増して、激しい怒りとなった。逃れようともがく彼女を権次が協力して押え、彼はまたそののち三番手を務め、そのあたりから彼女に時間の意識はなく、ようやく解放されて母屋へ這うようにして戻ると、囲炉裏の端にうずくまった人影があった。

それが、待っていた婚約者、作蔵と知ったとき、彼女は誰にも聞こえないほどに低く小さく、哀しげな吐息をついた。

「おれがわが目で見たわけじゃないがな」と清治は言った。「おすみは竈《かまど》に火を焚きつけはじめたんじゃねえかな、帰って来た男のために、気持がなくても手足が動く、からくり人形のように……とにかく、そのあと火の手はふいにあがったんだと」

——すると、放火の犯人は、おすみさんということになるのか。

「おい、どこへ行くんだ、佐助……」

村の方角に向かって歩き始めていた佐助は、振り返った。

「ひとつ、やっぱり聞いとく。あんたは、おれをどうするつもりなんだ?」

「えっ、なんだ?」清治はうろたえた顔になった。「お、おれは……お前のために……だって、友達だから、俺たちは」

「いいんだ、隠さなくて。俺にはあんたの心が読める。でもその気にならなかったのは、あんたが、あんまりあけっぱなしだから、読もうとしなかっただけだ」

「そ、そうかい、そりゃ、なんてえか……どうも」ぴょこりと頭をさげた。

「清治の兄貴」

と、佐助が久しぶりに清治の喜ぶだろう呼び方をしたのは、むしろ他人行儀の気持からだった。

「……あんた、一人じゃないね。あんたの後ろというか、蔭ってのか、いくつもの眼が見える」

「えっ? ……」

いったん清治は懸命に否定しかけたが、諦めた。

「そうか、見えちまうのか、お前にゃ……かなあねえな」

と、大きな体の小僧が鼻の頭を掻く。

佐助は笑いを含んだ眼になって、

「だって、あんた自分で、おれが見たわけじゃねえがっていいながら、まるで見たように話したじゃないか」

「そ、そうか……」と今度は頭をごしごし掻く。「おれ、抜けてるのかな」

にっと笑いかけたが、佐助はきびしい色に戻って、言う。

「あんたの眼は、一人や二人じゃない、なんか何人かの——それがどれくらいの数かは、おれにはまだ見えない。が、あまり見たくもない。——ともかく人間たちが集まって作ってる眼だ……だけど、おれは、その仲間にはならない。おれは一人でいたい。やっぱりそう思う」

「ふうん……だけどなあ、佐助」

「猿でいいよ。おいらは離れ猿。それでいい……じゃ、な」

「お、おい……いま村へ行っちゃ危ねえ、捕まったら放火の罪は火あぶりだ、命あっての物種さ。悪いこた言わねえ、やめとけやめとけ……おいっ……」

が、佐助の足は、もう村へ向かって歩きだしている。

「おい、佐助、待て……おれはお前のために……」清治は追いすがって、「おい、心が読めるなら」

と、自分の胸をがんがん叩いた。

「見ろ、この胸を、真実お前を案じる心のほかに、何があるってんだっ」

「銭が見える……」

と、ろくに振り返りもせずに、佐助は言う。

「な、なんだと？　……お前、この俺が銭や金のために……」

清治が絶句して立ちすくむうちに、佐助はもう遠ざかっている。

4

佐助は村人たちに囲まれた。

「おい、おすみをどうした？」「どこへやった？」

口々に聞いてくるが、佐助には答えようもない。

「無事に生きとるのか？」「火傷して、哀れげなことになっとるんでねえべか？」

それこそ佐助の知りたいことだ。だから、必死になって村人たちの心を読もうとしたが、誰もが真実、おすみの消息を知らないようだった。

焼け跡からむくろとなってみつかってはいないことも、たしかだとわかった。――が、その見抜くような眼が、人々を脅えさせた。

「こいつ、なんじゃ、おれらの顔をしげしげと」

「あの眼、気味が悪い……」

「人の子供の眼でねえな、獣の眼だ」

「やっぱ、おすみをどうかしたんじゃ、こいつ……」

佐助を囲む輪が遠巻きに広がって、狐目の権次が叫んだ。

「よし、責めて吐かせるべ！」

誰にも異論はないようだった。

これはかなわない、と佐助は慌てた。とりあえず逃げるしかない。深く考える余裕がない。

またじりじり詰めてくる輪の、弱そうなところに突進した。日ごろ佐助に優しく接してくれていた老婆が、したたか鋤の柄で向こう脛を払った。鬼の形相だった。

焼け跡検分に領国の役人が出張して来ていたので、佐助は番所へひかれ、取り調べを受けた。

役人の心は読みにくい、と知った。仮にも武士であるからには、心を動かさないのをもって旨としているようで、動かない心は、なお少年の身には、読み取る手掛かりが掴みにくい。

役人は、自分の主君にとって新しい領地である国境付近の住民を敵に廻したくない。

火事の火元などについて、村人の意見を詳しく聞いた。佐助は少年の故をもって、厳しく追及されることがなかった。

が、番所の仮牢から、峠を越えた砦の牢に移され、子供だからと初め女牢に入れられ、そこでおすみの消息が掴めるかと期待したが、空しく、間もなく一人だけの石牢に移された。それが何故かは、牢役人たちの胸にも書いてなかった。確実に知らないのだ。

それから月日が経った。ようやく太陽のもとに引き出されたときは、春だった。縛られたまま馬に乗せられ、道を行くと、人々の声が耳を打った。声を出して語っているのではない。口に出さない声だ。牢に一人いるうちに、彼の能力はやや進んだもののようだった。

〈かわいそうに、まだ子供なのに……〉

〈付け火したんじゃと、太え餓鬼じゃ〉

〈おお、おっかない……〉

時とともに成長した能力によっても、石の壁を通しては何も聞こえず、裁きの進行について知るよしもなかった。いや、ある人々が、彼の能力についてどれほどか察知し得たからこそ、石牢に彼を閉じ込めたのかもしれない。

春の空に鳥が歌っている。佐助は哀しかった。情けないと思った。しかし、もうどうすることもできない。

やがて刑場についた。広場に高い柱が一本立っていて、その根元に薪がうずたかく積んである。放火の罪は火炙りの刑と、佐助も聞いたことはあった。

立ち会いの役人の一人が、彼の吟味にも関わって、多少の事情を知っていた。その武士の心から、佐助は聞いた――

〈放火は、たぶんこの少年の仕業ではないだろう……しかし、裁きとは、事実がどうかで白黒を決めるものではない……天下のため、国の未来のため……小さくは、この事件の村人たちの平和のために……治者が適切かつ賢明に判断を下して、定めるべきもの……〉

佐助は納得できなかった。天下のためや国の未来のためだろうと、適切だろうと賢明な判断だろうと、付け火をしていないおれが、付け火の犯人だって火炙りになるのはいやだ、と思った。

急速に鳥たちの声が遠のいている。遠雷の音が聞こえた。

助けてくれ、と佐助は叫んだ。ひどく空しい気がした。こういうとき、みんなは誰に助けを求めるんだ？

――おっかさん。と彼は声に出してみた。しかし、どんな顔も浮かばなかった。

その代わりのように、雷がやや近く轟いた。

「おっかさん」

佐助は、やや大きく叫んだ。雷が近くで鳴った。

天候の変化で、処刑人たちは任務を急いだ。慌ただしく薪が燃え上がり、佐助は煙に巻かれた。

——ああ、この苦しさ、覚えがある！

粘りつく煙が鼻も口も塞いでくる。熱い。そして稲妻の閃光が彼を襲った。

佐助は失神して行くなかで、二つの夢を同時に見ていた気がする。

一つは、大きな樹木に閃光とともに雷神の正体かと思われるような巨石が落ちて、古木を真っ二つに裂いて炎上させ、傍《かたわ》らに性別不詳の黒こげの死体があった。

その足元に赤子が、これは生きて、大きな声で泣いていた……あれがおれなのか、と佐助はうすれて行く意識の中で、一瞬思ったような気がする……そして黒こげの死体も一つではなく、泣く赤子も自分一人ではなかったようにも……

そしてもうひとつは、黒い影のような騎馬の武者十人ばかり、刑場へ躍り込んで、疾風さながらに佐助と燃える柱に向かってくる。

敵か、味方か？　……柱に縛られた佐助の縄を解こうとしているのは、あの霧の中で出会った少女か？　……いや、自分を抱えこんだ腕は逞しい男たちのものだ……その武者たちの具足に、銭の印が打たれているのを佐助は見た。銭の数は、三枚続きが二列で六枚……


「気がついたか、群れを離れた一匹猿……」

「清治……お前が、おれを」

「おれ一人でできる仕事じゃねえさ。お前も気づいていたようだが……」

「どこだ、ここは……お前たちの住処《すみか》か、根城か……なんのために、おれを」

清治は笑った。

「まあいい……お前はいろいろと、結構大変な目にも遭ったし……まあ、もうすこし眠れ」

そして薬草の汁のようなものを飲ませて、去った。

つぎに目覚めたときは、自分より若いかと見える行儀のいい少年がいた。もっとも、武士という種族の年齢は佐助にはよくわからない。

「お元気になられたようですね」

彼は小助と名乗った。

「お名字は」

と、佐助が訊く。だって武士ならば姓があるだろう。

「ここにいると、そんなことがあまり気にならないのです」と、小助。

「へへえ……その、ここことは？」

「そうですね、私はいつも殿のお側にいるから……殿のお側、ということでしょうか、私にとって、此処とは」

そして、邪気のない笑顔を向けた。

「殿のことをお聞きになりたいでしょうね」

「ええ……もし、お差し支えなければ」

と、佐助も巻き込まれて行儀のいい口の利きかたになる。

「殿からじかにお聞きになったほうがいいでしょう」と、小助は腰をあげる。

「あ、あの、そんなことが」簡単にできるのか、と聞きたかった。

「殿は、気さくなかたですから……夕餉《ゆうげ》のあとにでも」

殿と呼ばれるこの草庵の主人は、思いのほか若く感じられた。髪はゆるく後ろで束ねただけで、木綿の衣服に無造作に丸絎《まるぐけ》の帯を締めている。袖無羽織をまとっただけで、囲炉裏の火に屈みこんださまは、山間の簡素な庵に似合った老人とも見えるが、身のこなしと、とりわけ眼が若々しい。

「おれは、幼い童のころから、あっちこっちに盥まわしにされてね」

といきなり語りはじめた。

「それに、おれの親父どのというおひとが、まあよく主君を換えた。ほんらいは信濃の古い家柄の支流だが、一頃は上州に城を構えたり、奪われたり、取り上げられたり、力の強い勢力に泣きついて取り返してもらったり、その恩義をまた裏切ったり……あはは」

愚痴話が、彼の口から聞くと、さわやかで厭味がなかった。むしろ楽しい気がした。

「そんな親父も、おれは好きだったがね」

そして、ふいと口を噤んだ。佐助には、どう穂のつぎようもない。それが、自分を助けてくれたこととどう繋がるのか、あるいは、まるで関係がないのか。

すると、六文の銭を具足に隠れ印にした人々の頭領とおぼしいこの人、小助の呼ぶ〈殿〉は、また語りだした。

「おかげで、というのも可笑しかろうが、おれと仲間たちは、上州から信州、甲州にかけて、抜け道杣道《そまみち》、けもの道まで、いろいろ知っている。だから、いまどなた様の支配地であれ、勝手気ままに通行させてもらっている……佐助といったな。話は清治から聞いた。あいつ、いくら追っても離れんしつこい馬蠅のようなものだが、悪いやつじゃない。……まあ、お前もいたいならいたいだけ、ここにいるがいい」

「あの、なにを……どうしたらいいのでしょうか、おれは……私は」

なにも働かずにいて他人の飯は食えない、と佐助は知っている。が、

「なにもしなくていい」

と、殿は言った。

「べつに清治に頼まれたから、お前を救った、というわけでもない……なぜ、放火の疑いとはいえ、子供のお前を火炙りに……」

そして、ほとんど初めてのように佐助の顔を正面から見た。

「思いあたることがあるのか、お前のほうに」

佐助は強く首を振った。

「焼き殺されそうになったとき、おっかさん、と叫んでいたそうだな……母親は？」

佐助はさらに強く首を振った。

「そうか……いやなことをきいてしまったようだな。許してくれ」

と、殿と呼ばれる人が佐助に頭をたしかに下げた。

「おれを生んだ人は、おれが物ごころついたときは、この世になかった。兄を生んだ人――つまり親父の正妻だが――を母としておれは育った……まあ、そんなことはどうということじゃない」

と、頭領は柔らかな表情に戻って、

「お前はいつここを去ってもいい。人と暮らすのは嫌いだと聞いた……またいつか、足が向いたら、くるがいい」

佐助は、むろんいままでの生きかたを変えようとは思わなかった。最後にひとつだけ、

「殿のお名前は」と訊いた。

「おいっ」

と制止する声が聞こえたのは、それが大切な秘密の一つに属するからのようだったが、殿だったり頭領だったりする本人は、明るい笑顔で、

「真田幸村」

と、言った。

二章　京洛の巻

——出雲のおくにとの出会い。一座の不振を幸村と佐助が救う。

1

石を運ぶ人足たちのなかに、佐助がいた。

「しばらくだな……十年ぶりか」

と、声をかけて来たのは、清治。あたりまえのように、佐助の隣で作業をする姿勢になる。そのまま人足の一人と見えて、誰も怪しまない。

二人とも、もう少年ではない。清治は筋骨逞しい大男になっていて、頭は蓬髪の僧形だが、出家とはさらさら見えない。頭を剃られた事情でもあって、以来、この男らしくそのままにほっぽらかしているのかもしれない。

佐助は、どこから見ても猿には見えない。固く締まって削げたような筋肉が、尋常でない鍛練の歳月を思わせる。真っ黒に日焼けして、頭髪の赤茶がかったところが、やや異様だが、この都では近ごろ異相、異装を好む若者も多く、目立つことはない。

京の都の夏はあつい。炎天のもと、長く懸案だった東山の方広寺の大仏殿再建も、豊臣秀頼と淀君の矜恃をかけた意地で、多数の人足を雇い、ようやく進捗しつつある。

かつて方広寺の高さ六丈という大仏は、最盛期の豊臣秀吉の権勢を示す象徴の一つだったが、慶長元年の地震で伏見城の天守閣などとともに崩落。やがて秀吉が没し、天下分け目とされた関が原も東軍の勝利に帰して、その三年後、徳川家康は征夷大将軍になった。

家康は彼の意を迎えるのに汲々としている諸大名に命じて、伏見城を修復、居城としたが、再建に巨費のかかる大仏殿再建は、豊臣家に下駄を預けた。

――亡き太閤殿下の御《おん》ためにも、一日も早くご再建を。

〈なに、豊臣の財力を費消させよう、いう魂胆や〉

豊臣贔屓の多い京、大坂では、そう囁かれた。

しかし、秀頼は家康の勧めを断れない。

家康を憚って、かつての豊臣恩顧の大名たちも動かないし、助けない。湯水のように金銀を鋳つぶして費用としたが、それでも工事は順調とはいえず、事故も絶えなかった。

現場に蟻のように群がっている人足たちも大方は半裸だ。汗が陽光に飛び散っている。作業のさなかに私語を交わせば、下役人の目が光り、声が飛んでくる。

「あのな、いきなり何だが、頼みがある……」

清治が佐助に囁きかけたが、笞を手にした下役が近づいてくるので、すぐに口を噤《つぐ》み、かわりに指で自分の胸板を指し、片目をつむった。

〈おれの心を読め、昔と同じ佐助なら〉

というつもりらしい。

佐助が苦笑いして頷くと、濃い髭面をにっと綻ばせて、現場の人足がひしめく中を、器用に抜けて行った。


このころ、京の盛り場は、清水祇園の五条周辺と北野天神を中心とする一帯に、新興の遊楽の地として四条河原が人気を得つつあった。

北野天神境内は定番の興行地。とはいえ芝居小屋というとおり、仮建築しか許されない。そこへあつまる人々で神社も栄え、飲食の店も並び、女たちを置く店も増え、やがて社と参道を中心とする一帯に、板と葦簀《よしず》で囲っただけのような店たちが、ときには迷路のような地形を作る。

その迷路を、佐助はさして迷うことなく、清治の居どころを探し当てた。だいたいの絵図は彼の胸から読み取っていたし、あとは女たちに清治の面構えを訊くだけでよかった。

「あら、いい男」

と絡みついてくる女に、抵抗せずについて行くと、奥まった囲いの板壁を軽く叩く。すぐ清治が姿を見せた。女は酒と肴をどこからか運んで、葦簀と板で囲まれた狭い空間に向かい合う佐助と清治に差し出すと、そのままべったり座り込もうとするのを、清治の眼が拒んだ。女は未練そうな流し目を残して去る。

「お前、女から見ると好い男になったらしいな」と、清治。

——わかってる。

と答えそうになった。そのくらい、山から下りてこの都の風に触れたとき、体が赫《かっ》と熱くなるようだった。ここでは、女たちの自分を見る眼が違った。

「十年……戸隠の山にいたのか」

べつに、隠すことでもなかったが、清治に言ってどうなるというものでもない。佐助は黙って椀に注がれた濁り酒を飲んだ。

戸隠は、真田一族の歴史と無縁ではない。が、清治たちが頭領と呼んだりする幸村の導きで佐助は戸隠の山に分け入ったわけではない。すべては自然に起きたもののような気がする。いわば、自分のなかに常人と異なる能力を意識した彼は、古来修験道で知られたこの山の《気》に導かれたのかもしれない。

　ともあれ、そこで佐助は十年という月日を、想像を絶する鍛練のなかに送った。佐助としては、かつての自分といまの自分はまるで別人の気がする。

「変わったんだろうな、お前も。……そりゃ、まあいい。昔の力が変わらねえなら、おれにとっちゃ昔どおりの佐助だ。あはは」

「なんだ、頼みって」

「うむ……」

　と、清治は急に沈み込んだ顔になった。大きな図体を縮めるようにして、欠けた椀越しに、この男らしくもなく上目遣いに佐助を見る。

「帰る」と、佐助は立ち上がった。清治は慌てる。

「お、おい……見えるんじゃないのか、佐助、おれの……言わなくたって」と縋《すが》るような眼になる。

「なあ、清治の兄貴」と、うんざりした気分で言った。

「お、おう」兄貴と呼ばれて嬉しかったようだ。「で、なんだ、何が見えた？」

「骨を折らねえで手に入ることなんぞ、たいしてありゃしねえよ、この世に……別の空の下に生きてるお殿様や大商人がたのことは知らねえ、おれたち裸ん坊同然で生まれたものにとっちゃ……」

「う、うん」清治は素直に頷く。「じゃ、おれは、何をすればいい？　お前のために、かわりに、なにを……銭のわけはねえよな、も、もしそうでも、ねえけど、おれ」

佐助は笑って、

「おれはあんたの頼みなら、聞いてもいい。……でも、あんたの声できたい」

と、言った。

「そ、そうか……」と、清治は山賊のような頭をごしごし掻く。

佐助は苦笑するしかない。じつのところ、清治の心が見えないわけではない。ただ、それがとっ散らかっていて、まとまっていない。彼自身にも自分の現在がよくわかっていない。それを纏め上げてやるのは、苦労だ。

ふと思った。山から下りて都へ来て間もない自分に、清治が接触して来たのは、あの殿や頭領と呼ばれたりするあの人と、関わりがあるのか？

あるのかもしれない。でもそれはどうでもいい、と思った。おれはあの人に命を救われた。が、たとえ全てが彼の意志、あるいは命令だったとしても、自分にはそれを右から左にうべなう気はない。

その許しを、あるいは約定を、自分は彼から受けている、と思う。十年経ってもそれは変わらない、という確信が佐助にはあった。それは清治にとっても、おそらくは同じことなのではないか？

そのとき、女の声がした。

「ごめんなさいよ」

落ち着いた、響きのいい声だが、葦簀の向こうに編笠を被って立っているのは、刀を腰にした男の姿だった。

「くに、と申します……」

「座頭《ざがしら》……」と、清治は土間にひれ伏している。その耳までまっ赤だ。

佐助にはわかった。その男装の女の胸に、北野天神境内の常打ち芝居小屋の櫓と、はためく幟に記された「天下一」の誇らしげな文字が。

——出雲のお国とは、この人か。

佐助がまず気づいたのは、彼女に汗ひとつ浮かんでいないことだ。宵になっても風が吹かず、清治はもとより、聞き耳立てている女たちの半裸も汗みずくだ。

が、おそらく三十代の半ばを過ぎているだろう、彼女の端正なやや厚化粧の顔には、汗の気配もない。

——この人は、よほど鍛練をかさねたかただ。

と佐助は理解すると、自然に体が動いて、清治のようにむき出しの土に膝をついた。

「あ、それは」

すばやい身のこなしで、佐助の手をとる。いい匂いが鼻をついた。

「こっちゃから、お頼みしますのやさかい」

息が佐助の頬にかかる。懐かしい気がした。

清治はがたがた震えている。彼の胸にある混乱は、佐助でなくとも、誰にでも手にとるように見えた、といっていいだろう。

いまや、この大男の胸を占めている熱情は、言葉にすれば単純な、恋の一字だ。ただそれが、敬愛しているひとに対する一途な思いであるために、清治には処理がつかない。ただ苦しいだけだ。

2

川風の入る座敷に移って、おくには言う。

「あんさんは、人の心が読める、と聞きました……ほたら、私がいま何を求めているか……おわかりですやろ」

佐助は驚いた。おくにの読めという心は、一人二人ではないのだ。それは人々という多数、それも特定できない見物衆（観客）のことだった。

「無理ですよ」と、率直に答えた。

「なぜ？」

おくには、幼女のように目を見張って、まっすぐに佐助を見る。

「それはですね……人の心は変わりやすいでしょう……すぐ変わります」

「ええ」おくにはこっくり、深くうなずく。「せやさかい……」

「だから、変わらないものがほしい、とおっしゃるのですね、おくにさまは」

「……かもしれへんね」

彼女は、彼をひたとみつめたままだ。

そこで、佐助は自分の能力の説明をしなければならない。実のところ、自分にもよくわかっていないし、これからさき、すこしずつ分かってくることなのかもしれないが、と注釈しながら、

「あの、人の心が変わるのは、それはつまり、人間が変わるんじゃないかと思います」

「……へ？」

「あ、あの、人間て、こう、しっかりがっちり固かったりするもんじゃ、ないんじゃないか、と」

「それは、へなへなした柔《やわ》こい人も仰山いてるやろけど」

「そこなんです、肝心なのは」

「どこやちゅうねん」

「人間て、そのどっちゃでも、いえいえ、どっちでもあり得るんじゃないかと……それが人間って生き物じゃないか……」

おくには考える眼になって、男のように腕を組んだ。男装はこのところ彼女の得意芸として舞台であたっているので、板についている。

「ふうん」

乗り掛かった舟で、佐助は続ける、柄にないなと痛感しながら。

「おれは、いや、私は、清治同様、親のない孤児ですから、人の心を覗くことばかりして来ました……」

ふいにおくにが口を挟んだ。

「同じよ、私らかて」

「そうですか……でなきゃ、生きられない気がして」

「生きられへんもの、ほんま……」

二人で、似た言葉がかさなって、吹き出すように笑った。

隣の部屋から、おくにの侍女として仕えているおゆみと清治が、びっくりして顔を出した。

佐助は、人間の心というしっかり定まったものがあるのではない、むしろつねに動いて定まらぬものが心で、それが人間なのではないか、という。

「たとえば、あなたさまに対しているときのこの佐助と、清治といるときのおれとは、とても同じとはいえません。また清治なら、あなたさまといるときのあいつと、おれとのときではまるで別人でしょう」

おくには笑いを含んだ表情になりながら、

「でも、まるで違って見える二人の佐助さんにも、二人の清治にも、きっと同じ、一本の貫いた筋のようなものが」

「どうでしょうか」

「佐助さんは、くにが、この世にないものをほしがっている、ていわはるんですね」

「おれは、いま自分に言えることだけ、申し上げました」

「けっして変わらず御見物衆の心をいつも掴んではなさぬもの……それはない、と」

佐助は、おくにに吸い込まれるような魅力を覚えながら、

「ええ、おそらく……」と答えた。

夜更けの河原を、おくにと佐助が、行く。つかず離れずの距離を保って、おくにの侍女のような弟子のおゆみと、清治が行く。

おくには出雲の生まれなどではない。〈ややこ踊り〉で人気だった少女が、旅から

旅の遍歴をかさね、関が原の合戦のあとから目につきだした若者たちの、髪形や衣装や、ひいては行動にも奇を衒《てら》い規則破りを好む風潮を踊りに巧みに取り入れた。それが人気を博して《かぶきおどり》の創始者と囃《はや》され、「天下一」を称して怪しまれないまでにいたるには――並大抵の苦労じゃなかったろう、と佐助は思うが、それ以上秘密を覗こうとは思わないのは、彼女に対する敬意である。

かつて信長も秀吉も、気楽に「天下一」の称号を優れた技能や芸能の持ち主にあたえたようだが、おくにの称号は誰が許したものか。それにしても模倣者や追随者から不平が起きたようでもない。しかし慶長も十年代に入ると、誰よりもおくに自身に不安が兆していたもののようだ。

清治の自分に寄せる気持は分かっているのだ、と、ふいにおくには佐助に言う。むろん、清治たちとの距離をはかってのことだ。

「あの人は、私におふくろさまを見てはる……親のない子は、どなたも似たところがあるようやけど」

「ええ、おれもそうです」と佐助。「童のころはなんでもなかったのに、二十歳だいぶ過ぎてから、ときに思うようになりました……おかしなものですね」

するると、おくにが歩みを止めて言う。

「逢いたい、と思われますか?」

「え、だれに」

「親御さんに」

真顔なので、佐助はちょっと驚いた。思わず、彼女の心をのぞいた。

「どうですやろ、うちの胸にどう書いてありました？」

おくにの顔に、かすかな笑いがある。

佐助も笑った。

「ずるいなあ。おくにさまは、自分が何もご存じないから、平気で胸をおれにあけひろげてる……」

おくには声をたてて笑った。

「佐助さん、私ほどの古狐になると、気持で心を開《あ》け閉《た》てできますのや。そうでなかったら毎日を送って行かれしめへん……ふふふ」

そう言って、ゆっくり遅れてくる清治とおゆみをちらと見やる。

大きな清治に、小ぶりだが丸っこいおゆみが寄り添って、結構いい感じに見える。

「おゆみに、清治さんどうや、て言うて見ましたのや」

と、いたずらっぽくも見える声音で、おくにが言う。

「へええ。で？」

「清治さんは嫌いなことない、て」

「ああ、それはよかった」と佐助は心から喜んで言った。

「そやけど……て、いいますのや、あの子」

「へええ」

「うち、壊れてしまいそうや、て」

「ははあ」

その返事に、おくにがまた笑う。後ろの二人が何事かと足を早めてくるのに、おくには手を振った。

「おくに様」と、佐助が真顔で言う。

「〈さま〉はいらんな。他人行儀や」

「でも、天下一のおひとですから」

「それが危のうなっとるよって、ご相談かけとるのやないの……でも、なに？」

「おくにさんが、心を思うままに開け閉てするしかた……並普通のかたにできることではない、と思って来ました。……よろしければ、教えていただけませんか」

「かめへんけど……そうやね、心には、いつもいくつかのものが、同時におって、動いてますやろ」

「はい……」

「心を読まれそうなときは、いまあるものを皆追い出して、まったく別のなにか一つのものを、強く思うことにしてます、うちの場合……鰯の頭でもええのや、犬のばばでも……胸から溢れて体中が鰯の頭になってしまうくらい……おくにはいま、鰯の頭や、そのものや……」

「ああ……」と、佐助は嘆声を放った。

「そんな時、おくにの胸をのぞいても鰯の頭しか見えしまへんやろ」

「そうですね、鰯の頭しかないのですから……おくにさんの中には……」

そして、それが「天下一」の芸の秘密にも通じるのかもしれない、と佐助は思った。

うしろから、おゆみのちいさな叫び声がきこえた。清治が何かしたのかもしれなかったし、おゆみの声には脅えがまじっている気がしたのだが、おくには佐助の袖を引いて、

「ほっておきなはれ」と囁いた。

3

佐助は働かずにいるのが苦手だ。相変わらず方広寺の大仏殿再建現場に出る。聞き流していた人足仲間の世間話にも、なんとなく注意を払う。

遠からぬ四条河原の興行の噂も聞こえる。

「そら、おもろいで、踊り子がきれいやしな」

「若いしな、それに数がようけいてるさかい、どれでも好きな子を選んで見とったらええねん」

「そうや、芸なんぞ、どうでも……」

新興の、遊女屋の経営する大所帯の一座が人気で、どうも、北野天神のおくに一座には分が悪い。

――自分の眼で、見てみないといけないいな。

そこで、四条河原へ出かけた。佐渡島座の興行を見るためだ。

驚いたことに、掛け小屋とはいえ、大きい。おくに一座の倍を超す広い空間に、三十人からの踊り子と囃子方、それに一座の花形らしい遊女が、それも三人、寺の和尚のような唐風の高椅子に掛け、見たことのない楽器を膝に抱えて三本の絃を掻き鳴らす。その新鮮な光景に圧倒された。

趣向といったほどのものは特にない。若い美女たちが代る代る踊って歌うだけのものだが、下手が愛嬌になっている。彼女たちは夜には六条の遊女屋で客に侍り、閨《ねや》をともにする。この舞台はいわば張見世《はりみせ》をかねているわけだ。

むろん見物客の多数は、このような豪華な大店に足を踏み込むこともない。が、高嶺の花を間近に見、翻る袖から吹いてくる高直《こうじき》そうな脂粉の香りを嗅ぐだけで、満足する仕掛けだ。

そのうち舞台の様子が変わった。囃子方《はやしかた》や後見《こうけん》がざわざわとうごいて、新しい場面に入るらしい。

やがて笛と鼓が鳴って、新しい花形の登場と見えた。

見物がどっとざわめく。登場したのは男装の女だ。頭巾で顔を覆い、白鞘の三尺あまりの大刀を腰に、生酔いがかった千鳥足の出は、明らかにおくにの当り芸の模倣だ。素人ではない。若いだけが取り柄の遊女の真似事より、数段上の技芸で、模倣ではあるが意気込みはおくにに対する挑戦かもしれない。年格好も似た按配だ。

佐助は、そのとき胸騒ぎに襲われた。異常なことが起きるという予感がした。体つきでわかるべきだったかもしれない。その男装の女は、おくにが人気をとった振りの勘どころをよく掴んでいて、上体をぐるりと佐助のいる方角へねじ曲げた。見物がわっと沸いた。が、佐助には聞こえなかった。彼は頭巾の中の、女の眼をはっきり見た。

おすみだった。

次の回転のとき、彼女の視野に佐助のいる辺りが入って、彼女の眼に微かな動揺が走った、と見えた。しかし、十年もの歳月だ。佐助は昔の少年ではない。おすみは自分を覚えていない、と見る方がたしかに思えた。

あとの踊りを佐助はろくに見ていない。男装の女が演じる《かぶいた》若者が、茶屋の女を口説くのが筋といえば筋で、そこにも特に工夫はない。が、見物はおくにで見慣れた《かぶきおどり》の手順を、むしろ安心感を持って佐渡島座の大舞台仕立で楽しんでいるようだった。

茶屋女には、道化た面をかぶった男が扮していた。すこし足が不自由らしい。見物衆の喝采に、佐助はわれに帰った。その先を見る気はない。人をかき分けて小屋を出かけると、男が待っていた。頬かむりしているが、脚を引きずっている。

「佐助さん……ですね」

つぶれたような声だ。

「……ええ」

「太夫が、お待ちしとります、今宵」

「──どこで？」

「六条の佐渡島屋。太夫の部屋で」

背中を見せたのに、呼びかけてみた。

「作蔵さん」

男の背が、一瞬こわばった気がした。

「そんな金、ありませんよ、佐渡島屋さんに上がるなんて」

「ご懸念、無用」

言い捨てて、熱気を帯びた小屋の中に戻って行った。

4

佐渡島屋の離れの座敷で、佐助はおすみと会った。

男の姿はなく、繁盛している店のことで、絃歌のざわめきは高かったが、気にならなかった。頭巾をかぶらないおすみは、左半面に火傷のあとがあった。十年前のあのときの火事のせいだと思ったが、そんなことも気にならなかった。

二人は吸いよせられるように抱き合った。言葉も、身に纏っているものも、すべてが煩わしかった。

——こうしたかったんだ、ずっと……

と佐助は思った。鍛練をかさねたとはいえ、ときに持て余す自分自身が、いまおすみの体の中にいる……

——いるべきところに、いるんだ……これが、おれの……ほんらい、決まったところだ、定めなんだ……

そういう気がした。

一度、襖がうすく開いたように思ったが、気にならなかった。

鐘の音が大きく聞こえたのは、周辺の賑わう騒めきが消えたからで、いつかもう夜更けになっていた。おすみが、口移しに酒を含ませてくれた。ちらとほろ苦いのは、自分の汗や涙がまじっているからにちがいなかった。

ふいに、急激な眠気が兆した。泥沼に引きこまれるような。

おすみが、また唇を近づけてきた。そのとき、はじめて佐助は彼女の顔をまともに見ようとした、といっていい。

おすみのそのときの思いが、佐助に映じた。

――え、おすみさんが、おれを殺す？

まるっきり理解できないうちに、ずぶずぶと眠りの沼に引き込まれた。二度目の口移しの酒はおおかた零れて頬から首に流れたが、沼の底へ体が落ちて行くように、全身の感覚が重く痺れて機能を失って行く。

人が話している声が遠く聞こえる気がする。

「ずいぶんと、念の入ったことだったな」

男の声はあの作蔵か。

「だって好きだったんだもの。いつかこうしたかったんだもの」

女はおすみの声だ。佐助の体の組織が石になったようだ。

「子供相手にか、ふん……で、気はいったのか」

「馬鹿。……腰がぬけちゃって、明日は舞台《いた》に立てないね」

「そんな話じゃねえや、この色惚け女」

「おや、じゃ、どんな話」

気だるそうな声だ。

「与太ぬかしてねえで、さっさと片づけべえ……薬は効いているだろうな」

「南蛮ものの極め付きさ、叩っ殺したって覚めやしないよ」

鋭い鎧通しが、顔のすぐ近くに迫った気配を感じる。そのよく研ぎこまれた切っ先を頬に感覚している、と思うが舌も呼吸もままにならない。——しかし、なぜ？　なぜこの人たちが、自分を殺さなければならない？

「よし、手前足のほうを持て……頼りねえな、俺が引っちょってゆかあ……」


遊女屋の離れから裏木戸を出れば、すぐに河原だ。

話の続きがまた聞こえる。どうやら十年前の、あのときのことだ。

「追われてる落ち武者のお前を、助けようとしたからのことじゃないか、あたしが村に火をつけたのは……私をいいようにした挙げ句、納屋でいぎたなく眠り込んでいる助市と権次のやつを、焼き殺してくれようとも思った……」

——そうか、おすみさんだったのか、付け火の犯人は……

「そのときは夢中だったから、さぁ坊のことなんぞ考えてもなかった。怪我をしているあんたを抱えて、人にあわずに村を離れるのが精一杯だった……」

川音がはっきり聞こえる気がする。夜更けの人目のない川っぷちで、ぐたりと横たわった佐助を脇に、おすみと作蔵は十年前の出来事を話している。

人目はなくとも月が明るい。しかし雲が出ている。月が雲間に入った僅かな間に、佐助を鴨川に落とす気らしい。

「ねえ、助けてやるわけにゃいかないかね、命だけは、せめて」

「惜しくなったのか……こいつに生きていられちゃ困るったの、手前じゃねえか」

「そりゃそうさ、昔の私を知るものが、江戸から浜松、京、大坂と、一人だって少ないがいい……私ゃおくにを追い落として、〈天下一〉の名乗りを櫓旗に掲げて見せるんだ。それがもう目の前さ……やっぱり、きっちり止め刺して流そうかね、念には念さ」

「いろんなこと言やがら。それが女か……ほいよ」

鎧通しを渡したらしい。

「嫌だ、私がやるのかい？　女だよ、あたしゃ」

「抱き寝した可愛い子に、旅をさせろ、だ」

「死出の旅路かい。あはは」

佐助は渾身の念を集めて、固く縛られた手の指先に辛うじて捉えた小石を、川の上流方向に向けて、できるだけ遠くへとほうった。自分に念動の力が育っていると意識したことはなかったが、思いのほか遠くへ小石は弧を描いて飛んで、からからと音を立てた。

ちょうど、雲が月を隠した。

「なんだ？　いまのは……誰か、いるのか？」

「怖いよ、お前さん……」

二人の意識が上流に向かっている隙に、佐助は自分にとって既知と未知とを問わず、すべての力と念を絞って自分の体を川に向かって転がした。川っぷちの傾斜面に横たえられていたことも幸いして、佐助の体はごろごろと加速度をつけて回転しながら、驚くような水音を立てて、川の流れに飛び込んだ。

「ああっ……」

二人は慌てたが、佐助の体は思いのほか深く沈んで、ようやく浮き上がったときはもうかなり先を流れている。どうすることもできない。

5

三年のち。

あれから京の都を、おくにの一座は離れている。

《かぶきおどり》といえば、佐渡島座を一番人気とする遊女屋経営の《遊女かぶき》が通常のものとなった。小規模ながら踊り手・囃子方など、芸能の表現者たちが自前で座を作って運営する形式は、影を潜めた。

〈かぶ〉とは頭のことで〈かぶく〉とは頭を傾けることをいうらしい。それが異様な身なりや勝手気ままな振る舞いをすることを指すようになった。もう一つ、好色なことをいう場合もある。

もっともかぶいた大物は、〈尾張のうつけ者〉織田信長だろう。だが、彼の叡山焼討などの狂的な殺戮を、人はかぶいた仕業とは呼ばなかった。

「太閤秀吉という人は、面白い人だったよ」

と、佐助たちに話してくれるのは、真田幸村である。

この、関が原で西軍に与《くみ》したために罪を得て、高野山麓の九度山に蟄居《ちっきょ》しているはずの男は、いつもあちこちと出歩いている。それに金魚の糞よろしく引っついて歩いているのが小助や清治たちで、いまは佐助もいる。——鴨川の水に溺れずに済んだのは、いうまでもない。常人ならぬ体力と能力が危ういところで強力な麻酔薬に屈しなかったし、また清治とおゆみが、眼を離しきりにはしていなかった。

　幸村は浜松の徳川家康のもとにいたこともあり、おくにも浜松城に出入りしていた。古いつきあいである。

「よろしいの、こんなところにいてはって」

　こんなところとは、京にほど近いおくにの贔屓《ひいき》の公家さんの山荘だ。

「なに、九度山には替え玉がいるから、わかりゃせん」

　と幸村は嘯《うそぶ》いている。

　徳川から監視を命じられている浅野幸長・長晟が幸村の立場に同情的なのと、いくら幸村に多少の虚名があろうと、しょせんは戦国の昔の話で、十何人の手勢でこのようやく治まったご時世に、なにが出来ようはずもない、のが、健全な良識的判断というものだ。

「あの人は陽気だった」

　と幸村がいうのは秀吉のことだ。

「派手なことが好きだった。吝嗇《りんしょく》が嫌いだった」

「刀狩り、ということをしたんですね」と、佐助が聞いた。猿と呼ばれていた人物のことは、やはり気になる。

「一揆が多かったからな。あちこち一斉に一揆が起きると、付和雷同というか、前の領主のほうが増しだったとか……それを大物たちは、誰もが上から押さえ込みにかかる……他の道もありゃしないか、とおれや親父は思っていたがね」

幸村の親父とは、すでに没した昌幸のことだ。

佐助は、こだわった。

「他の道、とは？」

「おれ達のような小物は、それじゃやっていけねえ、ということさ」

「上から押さえない、とすれば……」

幸村はにやりと笑って、話を戻した。

「太閤さんはね、唐天竺にもない途轍《とてつ》もない立派な大仏さまを建立するから、その大仏殿の釘や鎹《かすがい》にするために、刀や槍を出せ、と布令を出したんだ」

「その……御利益《ごりやく》を、つまり、餌に釣って？」と清治。

幸村は笑った。そして続けた。

「太閤秀吉に、おれは心服していたわけじゃさらさらない。死に際ちかくのあの人は、頭がおかしくなっていたんじゃないかとさえ思う……吝嗇が嫌いだから気前よく褒美を振る舞う。領地を分ける。国中に分ける土地がなくなると、誰が唆《そそのか》したか、海の外にはいくらでも切り取り放題の……どんな土地にもそこに生きる人々がいるという明白な道理さえ、見失ってしまっていた……」

幸村は暗い顔になった。聞き手の一同も、しゅんとしてしまう。

「ええと、この話はなんで始めたのかな？」と、幸村。「……わかるか、清治？」

すると、清治がぴったり側にくっついているおゆみに眼をやる。おゆみはすぐさま、二人の間で役割分けがきまっているかのように、はきはきと、

「ええ、それはおくにさまが、つぎの正月、京の北野へ戻るための《かぶきおどり》の新しい趣向を」

「そうだ、それなんだ。だから聞いてくれ、太閤さんは怪しからぬ許せぬことをたくさんしているのに、なぜ」

幸村の言葉を、おくにが引き取って、

「なぜ、人々は、いえ、京、大坂のかたたちに限っても、太閤さんの時代を懐かしいと思うてはるのですやろ……嫌なこと許せないことをそのまま胸に抱きながら、あの頃を懐かしいと……」

「ああ、それは……」と幸村が言う。「それがもう、答えになっているのじゃないかな」

「え？　……うちにはまだ」

「おくにさんにはわかっているよ。いいかい、人々が懐かしむのは、それが昔だから、かえらぬ昔だからなんだ」

「ああ……」

幸村は、かりにも「天下一」の名乗りをほしいままにした出雲のおくにに、噛んでふくめるようにいう。

「太閤が死んで十五年、もう徳川の世は動かないだろう……家康さんは利口なひとだから、一度に上から押さえつけようとはしない。でもじわじわとその動きが進んでいるのは、誰もが知ってる……」

「ええ……」と佐助がうなずき、皆が首を縦に振った。

「家康さんは上から締めつけたい人なんだ。というより、世の中は上があって下がある、それが一番具合よくおさまるんだと……彼はその道を選んだんだ」

おくにをはじめ、清治とおゆみも、佐助も小助も、聞き入っている。

「信長という人は、その流れからはみ出すことで、新しい流れを作り出した。それは〈はみだす〉あるいは〈破る〉と同時に〈力で押さえつける〉という、神がかった方法だった。彼には出来たが、ほかの誰にも出来やしない……」

「殿にも、ですか?」と小助。

「当たり前だ、おれは神が嫌いなんだ」

にべもなく幸村が答えて、続けた。

「太閤さんは上に立ちながら、はみだすことが出来た。下から出てきたからだ。……そのはみ出した部分が、総体としてはあんな悪人のくせに、いま懐かしまれてる」

鐘の音が聞こえた。京に近いと遠く近く鐘の音が聞こえる。

「うち、分かってきたような気がします……」と、おくにがいう。

「そうか、それはいい」と幸村。

「言ってみてください……わからないかもしれませんが」と、佐助。清治たちも頷く。

「いえ……そんな大仰なことと違います……つぎの、北野で打つ出し物は……かぶき者が、昔の男として……その名も、昔かぶいて鳴らしたかたの実のお名前をお借りしまひょ。昔かがやいて、そして亡くなられたかたが昔の姿で登場して……そしてうちと、舞いますのや、いまは昔、浮世は夢、いざ、かぶかん……」

幸村が、楽しげに笑った。

6

慶長十四年の五月に、〈このごろ京に充満せる徒者《いたずら》〉が搦め捕られ、うち七十余名が入牢、という事件があった。

〈荊《いばら》組〉対〈革袴組〉の抗争だったという。革袴なら荊に負けぬ、という名乗りには滑稽味があるが、この時点での《かぶいた》若者たちだった。

このとき取締の任にあたる幕府の役人は、主立った組頭の何人かを厳罰に処したほかは、微罪として釈放した。

幕府御用達の大商人の家族たちが、かぶいた若者たちの標的になることもあったかもしれない。家康は激怒したに違いないが、すぐに〈不良狩り〉には走らなかった。太閤秀吉の七年忌に豊国神社の祭が驚くほど盛り上がったことも含めて、大御所家康は彼らしく慎重に機を窺っている、と幸村は見ていた。


慶長十七年正月、おくに一座は、北野天神境内で新しい《かぶきおどり》をみせた。まずは小袖の上に法衣をまとったおくにが、鉦を手に念仏踊り。洗練され、かつ躍動的な活力を中に込めている。が、すぐにはそれを爆発させない。

やがて客席に、深編笠の武士が姿を現す。

〈念仏の声にひかれ、罪障の里を出でたり……〉

のごとく聞こえる言葉をつぶやいている。渋い声音だ。

「のうのう、それなる御方、御名を名乗りおわしませ」

と舞台からおくにが呼びかける。

「我をば見知り給わずや」

と、編笠の武士は舞台に近づき、舞台鼻に沿ってゆっくりと摺り足で歩行する。その滑るような移動のさまを見て、おくには気づく。

「さては、この世に亡き人の、うつつに見え給《まみ》うかや」

「われも昔のおん身の友、慣れにしかぶきを、いまとても忘るることの、あらざればこそ」

「さては昔のかぶきびと、名古屋《なごや》どのにましますか」

見物たちの中から、漣《さざなみ》のように驚きの囁きが起こり、それが見る間に広がって、どっと小屋をゆるがすような歓声になった。

人々は名古屋山三《さんざ》の名を覚えていた。

彼は蒲生氏郷の小姓として抜群の美少年、かつ武勇に優れた伊達男として〈名古屋山三は一の槍〉と流行り歌にも謳われた。氏郷の死後、僧となったがやがて還俗、森忠政に仕えた。主君の移封で美作に移り――そこでつまらぬ喧嘩に巻き込まれて死んでしまった。

つまらぬ経緯《いきさつ》、つまらない意地や義理立ての類だったのかもしれない。人はそう見るだろう。だが山三には、もっとも義理を立てるべき相手の氏郷は、とうに死んでしまっている。

おそらく人間の関係における愛情や義理は彼には失われて、知らぬ土地での、かりそめの付き合いに、たぶん助太刀を頼まれ、大勢を相手に斬り合い、彼は二つとない命を捨てた。

いま北野の舞台で、亡霊としての山三は淡々と、どこか歌うように語る。我が身の死の経緯、喧嘩の始終を。

——理由はどうでもよかった。いや、それは違うな。つまらぬ理由でよかった。そのほうがよかった、ずっと増しだったんだ、しかつめらしい忠義などより。分別よりも。

そして声を張って、

「なにしょうぞ、くすんで。一定《いちじょう》、浮世は夢ぞ。いざや、かぶかん……」

〈梁塵秘抄〉や〈閑吟集〉の詞句は、広く知られている。

〈一期は夢ぞ、ただ狂え〉

見物衆は熱狂して和した。

佐助は、道化た面をかぶり、山三の従者の下人として腰をかがめ、猿のように敏捷に動き、飛び跳ねた。これにも見物は熱狂した。

「猿や、猿そのまんまや」「いや、ほんまもんの猿かて、あんなに跳べんやろ」「ひさしぶりに、猿若らしい猿若を見ることよ」

そして山三の亡霊を演じた見知らぬ演者に、興味は集まる。おくにがその見物の関心を利用しないわけがない。亡霊が主役なのは能の形式の一つだが、そのまま終わるのはおくにの目指す《かぶきおどり》には相応しくない。亡霊の登場によっておくには緊迫する劇の要素を得たが、そのままでは暗い。

《芝居やぶり》という一夜の見世物に相応しい終わらせ方を、おくには採《と》った。

最後にはすべての登場人物が舞台に姿を見せる。そこで劇中の役柄を離れて芸を見せる演者に戻る。当然、名古屋山三も再登場する。

見物が固唾《かたず》を飲むうち、山三の演者は編笠を取った。その顔は婉然と微笑むおくにだった。

見物衆はしてやられたと笑いながら、趣向として納得した。「道理で、中途から背ぇがちいと低うなったと思たわ」

もちろん名古屋山三とおくにには、多くの場面で同時に舞台に登場している。完全な二役は不可能だ。おくには頭巾と塗笠、山三は深編笠。随所でおくにの役はおゆみが替わっている。が、山三は？

「幼いころから、猿楽（能）の修業をなさった方でないなら、とても出来しまへん」と、大好評で初日を終えたあと、おくにが仲間うちだけに述懐した。

「ほんまに、殿様がおってくれなんだら」

「ああ、猿楽は、いわゆる大物や、大物になりたい武将たちにとって、いわばなくて叶わぬ必修の素養だったんだ」と、答えたのは幸村。「織田信長公の小舞は桶狭間の一件で有名になったし」

「人間五十年、下天のうちをくらぶれば……」と、小助が低くつぶやいた。

「夢まぼろしの如くなり……」と、おくにが後をうける。

「信長公を真似たくてしかたなかった太閤さんは、猿楽に大変な打ち込みようだった」と、幸村が続ける。「ことにご自分で演じることがね。仮面を被って古《いにしえ》の武人に扮することが、気に入っていたんだろう」

「家康という人は?」と、佐助。

「うむ。嫌いではなかったようだが、無理やり太閤さんに付き合わされた、という面もあったろう。……あの人も今川家の人質時代があったから、土台は出来ていたんだ」

「なるほど……」と清治が妙に感心する。

「つまり、人質というもの、ご主人様の習い事の類に、夜を徹してでもご相伴しなければならん……おれも上杉から豊臣と、人質暮らしの時代が長かった……」

と幸村は苦笑しながら、

「なにが役に立つかわからんものだが……ともかく、一座のためにはおれの代わりを作らないといけないな、早く」

「よろしければ、いつまでも、殿に」と、おくに。

「冗談いっちゃいけない。おれは今日ただいまでも、九度山にいる筈の人間だぞ」

おくにも笑って、

「それでは、小助さんを、しばらくの間」

「それはいい。殿と背格好も似ているし、編笠とってても色男だし」と清治が喜ぶ。

「と、とんでも……とても、私に、殿の代役など」と、小助。

すると幸村は真顔を作って、

「君命《くんめい》である」

と言った。一同はどっと笑った。

おくに一座の大当たりは続き、佐渡島座は不入りで、おすみは京から姿を消した。

「あの子は、浜松で弟子にしてくれと言って来て……大人になってからこの道に入るのは辛いものやけど……まあ、どこぞで元気にしとってくれたら……」

殺されかけた佐助は、とてもおくにのような気持にはなれなかった。

慶長十七年。江戸で、大鳥居逸平たちの事件が起きた。

きっかけは、ある旗本が、抱えていた小者《こもの》が《かぶき者》の仲間の一人と知って、成敗した。すると仲間たちが、報復としてその主人を殺した。

彼らは、仲間に危難や凶事があるときは、身命にかけて、たとえ相手が主人であっても、力を合わせて対抗し報復しよう、と血盟を交わしていた。タテよりヨコを優先した。

ヨコの組織だから、首領といったものはない。頭株とみなされた大鳥居逸平も、身分は小者である。

彼は主人のほうを優先する考えかたをせず、さらに〈喧嘩両成敗〉の法も否定した。彼らの信じたものは《天》の理なるものだったらしい。

役人の吟味に対して彼らは、〈悪いやつが悪い〉のだ、と主張した。

ここにいたって、家康は切れた。——と推測が可能だ。

三百余人の逮捕者を、全員死罪。関わりありと見られた旗本は、それが噂だけであっても許されず、すべて改易・流罪あるいは切腹。

三河以来の家柄に免じて、という哀訴は、聞き入れられなかった。

〈徒党をなした者は言うに及ばず、知って知らぬ振りをしたもの、あえて処断しようとしなかったものども、それがただの怠慢であっても、すべて同罪〉

タテの筋目、上下の掟を軽視することを決して許さない——それが大御所の意志であることが明白だった。

この年から翌慶長十八年にかけて、きびしいキリスト教禁止令が出た。《かぶき者》たちは、南蛮風俗を好んでいた。舞台上のかぶき者も、水晶や珊瑚の数珠を長く懸け、大きな十字架を胸に飾った。一斉にそれも禁じられ、あるいは自粛した。

主君・主人というタテの筋目のほかに、異国の神を崇めるという〈はみだし〉行為も、幕府は許さない、という姿勢を示した。

この国には一人の主しか許さない、とすれば、

——つぎの標的は、大坂城の豊臣秀頼。


「大坂へ行くしかねえな」と清治。

「江戸の大鳥居の仲間で、なんとか逃げおうせた奴らや……仲間でねえにしても、気持ちがわかったり、あこがれたり……そんな連中の足が向かうのは大坂しかねえ……」

そんな清治を、おゆみが不安そうに見上げている。

「生き過ぎたりや、二十三、か……」

佐助が呟いた。

大鳥居逸平たちの長い刀の峰や鞘に、そんな文句が刻みつけられていたという。

――生き過ぎてしまったよ。

という彼らの感懐だろう。

――生き過ぎた、もう二十三だ……この喧嘩、いくさの神も照覧あれ、ひけはとらねえ……

〈八まん、ひけはとるまい〉

とも大鳥居の朱鞘に書かれていたという。

佐助には、自分より若い彼らに共感する思いがある。

が、同時に、ここまで生きて来た自分が何をすればいいのか、その心の揺れに、目まいを覚えるほど、振り回されている、と感じる自分があった。

「佐助よ……」と清治が顔を覗き込んでいる。「お前、大坂ってえと、なんか嫌な顔するな、なぜなんだ?」

自分では気づいていなかった。

しかし、自分が大坂という土地へ行くことを渋っている……それは確かなようだ、と思った、清治にも見て取れるほどに。

……よし、それなら行ってみよう、と思った。

三章　大坂城

――独立真田組の出城「真田丸」。運命の女、淀君。

1

「なあ、おっちゃん……ほんまに戦争になるのんやろか?」

と、見回りの下役人ふうの男が、大坂城の東を流れる平野川から小別れした支流の一つに、釣り糸を垂れている隠居風の老人に話しかけている。

ここからは大坂城が芦の間越しに見える。城内の様子が手にとるように見えるほどではない。そんなに近かったら、城方の見回りがきびしく、のんびり釣り糸を垂れることが許されそうもない。

それでも、人々の出入りが激しいのはわかる。荷を運び入れる人足たち、物々しく具足に身を固めた兵士たちや、また騎乗の武士たちの甲冑が、陽光に照り映えながら移動するさまが遠く見える。

「さあなあ……」と、おっちゃんと呼ばれた老人は、のんびりと答える。「いくさというもの……人がするものだな」

「せやねん」とまだ若い役人の相槌にも、力が入る。

「されば、人が起こすのじゃないかな」

「そりゃそうやろ。お天気さんの機嫌で起きたりされたらかなん」

「されば、起こしたい人々がいれば、いつか起きる……」

「それや、起こしたい人間たちが、おるねん。わしゃそう思う」と、若い役人。

「そうか……ならば、起きるかもしれんなあ」

隠居ふうの老人には従者がいて、持参して来た団子を役人にもすすめる。役人はもう顔馴染みになっているらしく、気安く受け取る。「おおきに」

鳶が空を舞っている。

「そりゃ、おっちゃんのように、隠居の身分で、お手代さん連れで釣り道楽の暮らしなら、いざ戦争となれば、逃げたったらええ。それだけの話や……わしら、仮にも呼びかけに応じて、城の役人、つまりは豊臣家からなにがしかのお鳥目を頂く身やさかいな」

「ほう、逃げることは、出来んと？」と、老人。

「でけんことはない……ないやろうて思う……せやけどな、おっちゃん」

「はいはい」

「京都のほれ、方広寺いう大仏殿の、鐘の銘に……」

隠居の従者が、すこし身を乗り出した気配だ。役人は続ける。

「国家安康、いう文字があったんやて。これは家康公の、家の字と康の字を二つにぶち切って、もって大御所徳川家康公を呪い殺さんとするものと違うか、いやそうに違いないっ、て大騒ぎになった……きいとるやろ？」

「それは、暇な年寄りの地獄耳でな」

役人は結構熱くなって続ける。

「こんな阿呆な話、あるか？　……理屈と膏薬はどこにでもつく、いうけど、三歳の子供かてわかるわ、こんなん出鱈目のこじつけや」

「でも、関東がそう言い立てるからには、なにか根拠が、その、学問上の」

「おっちゃん、あんたかて、関東の権威たらいうもんに、騙されてはんねん」

「ははあ」

「方広寺の鐘銘の文章書かはったんは、南禅寺の清韓たらいう偉い坊さんや。その御方が事をわけてきっちり説明しはったのやけど、関東はいっこも聞き入れん」

「ふうん、それはまた」

「おっちゃん、なんぼ隠居しはったかて世事に疎《うと》なったらあかんな。ええか、よう聞きなはれ」

　隠居の従者は、瓢箪から椀に酒をついで役人にすすめる。

「おおきに」と役人、ぐっと干して、「つまりは……どうでも、戦をはじめたいのや、関東は、大御所は」

「ふうん……」と感じ入った体の隠居が、これも瓢箪の酒を含む。

　やがて、油を売るにも限度があると見えて、役人は職務である見回りに戻った。

「殿」

と従者が、隠居にやや身を寄せて呼びかけた。

「佐助よ」

と応じたのは、これは真田幸村の変装。まだ四十代だが、この時代、隠居と称するに不都合な年齢ではない。

「鐘銘騒ぎというやつ、かなり評判が悪いな」

「そのようですね」

「大坂方は、金で人を集めている……」

「殿にも、十万石と、噂だけは」

「そうだったな。やれやれ、お前には何も隠せんのだな」

「そんなことはありません。殿はあけっぴろげだけれど、読みにくいかたですよ」

「なにもないからさあ、はっはは」

「おっと……引いてますよ、殿」

幸村の垂れた釣り糸のことである。

「む、そうかそうか。いよっ、と……ああ、また釣り落とした、あはは」

ふいに、佐助が真顔で切り出す。

「で、殿は、さっきの岩吉という見回りの役人……豊臣方だと見られたのですね」

「う？　……うん、まあな。だって城方から給金を」

「たしかに、雇い主に情を移すことは多い。それが、鐘銘事件で、一気に気持ちが豊臣贔屓に傾いた、と……大坂の町の人々同様に」

「おい……すると佐助は、あの男を、逆だと……つまり、徳川方の……間者？」

佐助は微笑んで、

「間者には、おおむね、双方が可能ですから……」

高い空に、鳶が高い声で鳴き交わしている。

「ふむ……」幸村の表情は、変わらずのんびりと明るい。「金を払ってくれる相手に、給料以上の忠義を尽くそうとする……とくに変わった気持ちの動きじゃない」

「はい。むしろ普通のことで」

「そうだろうな、人質の暮らしも、間者や密偵と同じようなところがある……すると、あっちの男は？」

と、やや離れた距離を見回っている別の役人を、幸村は指した。

「殿、露骨すぎます」

「なに、大丈夫だ……あいつの本性は……そうか、そんなものはない、というのがお前の意見だったたな」

指された役人は、ぶらぶらと近づいて来た。

「何か用か」

それを〈七日八日《なぬかようか》〉と聞こえたとして、幸村が平然と、当時すでにかなり知られた地口で答える。

「九日十日《ここのかとおか》……ははは」

この役人には通じなかった。首を捻ったが、やがて頷く。

「そうか、そんなに通っておるのか。……釣れんのか」

釣り好きの隠居として、幸村はまともに応答する。

「まさか、工事で堰止《せきと》めて出来た俄《にわか》堀ではないでしょうな」

「そんなことはない。もっと西へ行ってみたらどうだ」

「ご親切に、お役目ご苦労に存じます」

この役人も特に不審を立てるでもなく、離れて行く。

「あの人は、徳川方。藤堂家の縁につながる小者」

佐助が解説した。

それでも役人に言われたことだから、隠居と従者は釣り道具を引き上げて、ぶらぶら西へ向かって移動する。


「お前の言うとおり、人は変わる。……人の心が変わるのだというより、変わるものこそが人間なんだ、とお前は言うのだな、佐助」

「ええ」

佐助は、自分のようなものの言葉を、この、一部では高名な武将が、まともに考えてくれていることに、ただ驚いている。

幸村は春の風が吹くように話す男だ。

「すると……なんだ、つまり同じことになるじゃないか」

「え？　なにが、ですか」

「読んだって読まなくたって、さ……人の心なんて」

「ええ」

「どの人間がどっち側か、東に心を寄せているのか、それとも西か、などと」

佐助がにっこり笑う。

「ええ。……ですから、殿のお供をしても、さしてお役には立たないでしょうと」

「かもしれんがね、まあ、もうすこし付き合え」

「いいですけど」

佐助のほうも、この男に抗えないものを感じている。

2

「《隠形《おんぎょう》の術》、というものがあるのかね……つまり、自分の姿を人に見えないようにする法」

大坂城の南を、ぶらぶら歩きながら、隠居姿の幸村が、世間話のように、従者ふうの佐助に言う。

「そうですね、ないことはない、というか、それに近いものはあるとされています。簡単なことですけどね」

「——というと？」

「だって、月のない闇夜に明かりを消せば、何も見えないでしょう」

「ふむ、すべてが消えたことになる……」

「相手の目を覆うだけでもいいのです。すれば、こちらの姿は見えない。相手にとって、私の体は消えたことになります」

「なるほど」

「覆う手だてが、黒い布であれ、目つぶしの砂であれ……女の掌であれ……世上、忍びの術とされているのは、この類です」

「なるほど。すると、こういうことになるかな、わしの質問は。……書物には、平安室町の頃、都大路で幻術というか、目くらましの芸が珍しくなかったとか……衆人の見る前で、牛を一匹まるごと飲んでみせたとか、縄を垂直に投げ上げて、それを攀じ登って天に姿を消してしまった、とか、とか」

佐助は笑った。

「昔の書物などについては、何ともいえないのですがね。ただ私の未熟な修行の限りでは……人間に自然を操ることは出来ない、と思っています」

「ふむ……で？」

「え？　何を私に言わせたいのですか、殿は」

「まだお前には話したい先があるのだろう、ということさ、わしにわかるのは。……自然を思うがままあやつることはできない、しかし？　……」

「ええ……自然とは風や雲のことだ、と、取り敢えず限って話していいですか？」

「いいとも。風神雷神はいうに及ばず、仙人も雲を起こしてそれに乗る……」

佐助の答えを誘うように、幸村がにやにやと言って、ちょっと言葉を切った。

「はい。……私も、雲や霧に包まれて姿を見せる人間、おそらくは人……を見たことはあるように思います……」

「ふむ。それはどのような……いや、男か？　……それとも」

「女でした。それも幼い……」

そして佐助は口を噤んだ。

幸村はなお追及する。

「するとこうか？　……人は自然を《操る》ことは出来ぬ。しかし、それを《利用》することなら、あるいは出来るのではないか、と」

「ええ、そうかもしれません……いいでしょう、殿、この話はもう」

「いや、もうすこし聞きたい。聞かせてくれ、佐助」

幸村には手を緩める気がないようだった。

「それではお前、戸隠の山深くで、何を修行したのだ？　……いや、それは無論いろいろあるのだろうが、この問題に関していえば、どんな？　……」

二人は大坂城をのぞむ小高い丘の周囲をめぐっていたが、さすがに年齢で草臥《くたび》れたか、幸村は芦の間に腰を下ろした。佐助もその近くに控える……こっちへ近づく者があれば、こちらからは見えるほどの高さに、姿勢を保って……鍛練を経たこの男には、中腰《ちゅうごし》くらい苦痛ではないらしい。

「そうですね」と佐助。「どんな修行も、といっては当たらないかもしれませんが」

「ふむ、その行き着くところは？」

ちょっと空を行く雲を眺めていた佐助が言う。

「呼吸、でしょうか」

「呼吸？　……吸う息、吐く息のことか？」

佐助は頷く。

「人は息を吸って吐いて生きています」

「うん、いかにも」

「その気息を、殺す……ないもののようにします。たとえば」

と、佐助はひょいと傍の草をむしった。草だけのように見えたが、小さな花も一緒だった。

「このものたちも、息をしています。生きとし生けるものは、つねに吸って吐いている」

「大気を、か」と幸村。

「動けば、風。……それが霧になり、雲になる、と戸隠で知りました」

幸村がかすかに額に皺を寄せているのは、この男の常にないことだ。

佐助は続ける。

「風が動けば、誰にでもそれと知れる。でも動かない時には――よく、死んだ、といいますね、風が」

「ああ、しかし無くなったわけではない、というのだな」

「ええ、風は、いつもそこにあります……」

佐助が野花と草を空に投げる。それはすこしの間ただよって、すこし先に落ちた。

「話を戻しましょう。殿のお聞きになりたいのは、私の修行のことでした」

幸村が頷いて言う。

「つまり、お前はその花や草と同じように、息を吸って吐く修行を重ねたのだな」

佐助が微笑む。

「なかなか、思うようには参りませんが……殿は兎を狩ったことがおありでしょう」

幸村は頷く。

「思いもかけぬ直ぐ側から、兎が飛び立つように走って、驚かされたことがあった……そのとき、兎は、気息を抑え、絶っていたのだな」

「気息を抑え、操ることが出来れば、気配が消えます。人がそこに生きていても、気配が死ねば」

「わかった。それが隠形の術の極意、というわけだな」

「そんな、大仰なものでは」

「わしは近く……」と言いさして、幸村は煙管で大坂城を指した。「あそこに入る」

「入城なさるのですね」

「ついてくるか」

「ご迷惑でなければ」

幸村はにやりと笑った。

「お前にも、未来は読めないのだったな」

「そのくらいは、楽しみをとっておきませんと」

「ほう、楽しみか、未来は」

「まだ起きていないことが、さきに分かってしまったら、意外なことがなくなってしまいます」

「ふむ。〈意外〉はたしかに楽しみだ……冒険の一つだからな」

「おそらく」

「すると、あの城の大広間を、広い廊下でもいい、わしとお前がつるんで歩く、と」

佐助はすばやく反応した。

「殿、それは無茶です」

「なにが無茶だ？　……いま心を読んだろう、お前、おれの」

「殿は……私が殿と一緒に歩めば」

「うむ」幸村は面白そうに笑いをたたえている。

「人々には、殿お一人しか見えないだろう、と」

「どうかね、やってみる価値のある冒険じゃないかな」

「無茶ですよ、やっぱり」

「どうして……冒険には多少の無茶が付きまとうものさ、だから、面白い」

「おそらく、城内の人々には、私が見えたり、見えなかったり……」

「そうか」ふいに幸村は態度を変えた。「それはやはり……お前の尊厳を、というか、誇りを傷つけることかもしれぬ。忘れてくれ」

幸村は立ち上がると、城に向かって、こんどは釣り竿で指し、空を横にゆっくりと弧のような線を描いた。

「ところで、このあたりの地形は、どうだ？」

「え？」

一瞬、何のことか分からない。

「佐助、わしはな、大坂城に入っても、城内に住まう気がない……出城を作ろうと思うのさ、このあたりに」

「ははあ」

不得要領な答えをするしかない。幸村は続ける。

「どうせ、城中でおれの意見が用いられるはずはない。おれの兄はいま病気だそうだが」

兄とは真田信之のこと。家康の股肱《ここう》、本多忠勝の娘を妻として、れっきとした徳川方である。

「名代として息子が二人、おれにとっては可愛い甥たちだが、真田勢の将としてやってくるらしい……おれがいつ関東方へ寝返るか、城内では興味津々で見つめている連中がいる。賭をしてる輩だっているだろう」

「ええ、その通りでしょうが」と、佐助が口をはさんだ。「ですが、この一番主な合戦場になりそうな南側に――」

「お前もそう思うか、佐助」

「それは、北は天満川、東は平野川に深田、西は海、まこと天然の要害です。くらべれば南は空堀だけだし――まあ、南でしょう、大軍が寄せてくるなら」

「その南の、総構《そうがま》えのさらに外に、ぽんと飛びだした感じの出城を作るんだ。寄手には目障りでたまらんような、な」

「そして城方には、真田の奴ら、いつでも裏切りやすいように……と言われてしまいます」

「そうさ」

と、幸村がますます屈託のないような顔で言う。

「人の心は揺れる、いや揺れるのが人の本性だと、お前は言ったな？ ……この出城は、いわばその心を形にしたもの、ということはできないかね」

「なんですって、殿」

「攻めるほうにも、守るほうにも、気になる目の前にぶら下がった〈たん瘤《こぶ》〉さ」

「殿は私のお喋りをもとに、出城を作ろうと言われるのですか？」

幸村は笑いながら手を振って、

「そうでもあるし、そうでもない……」

腰に手を当てて、伸びやかに空を行く雲を仰ぐ姿勢になる。すると、もう釣り好きの隠居とは見えない。

「うちの親父は、武田・北条・織田・徳川・豊臣と、立て続けに主を変えて《表裏比興の者》と言われ、囃された。以来、真田一族は信用ならぬ、というわけだ」

親父とは故真田昌幸のこと。幸村は淡々と語りつづける。

「それでもおれを必要だという人たちが、もしいるなら……この場合は、秀頼公と淀君さまということになるがな……これこそおれの砦、おれたちの城、といえる《たん瘤》を作ってやろう、そう思った。それが雇い主の気に入るかどうか別として、だ」

佐助は、幸村の心を覗こうとしなかった。この人はありのままを話している、と思ったからでもあり、また、この人の心の揺れを意外な形で感じたからでもあった。

幸村の心に、いま青い空に浮かぶ白い雲しか見えていない。が、ほんのわずかであれ、佐助の知るかぎりで幸村らしくないと感じる揺らめきが、ある人の名に触れたとき、あった。

幸村は独り言のように続ける。

「まず五千人は入れられる出城となると、金も、人も……ま、なんとかなるだろう」

そして佐助を見やって、ふんわりと笑った。

「そうさな……首尾よく出来上がったら《真田丸》と呼ぶことにしよう……」

3

幸村と佐助は、大坂城内を歩いている。

佐助は、従者として普通の服装だ。

「隠形の術は、命懸けのとき使いたいのです」と主張して、容れられたわけだが、むろん、いつ〈命懸け〉の事態に出会うか、未来のことは、わからない。

幸村の第一の目的は、真田丸建設の許可をとり、実現のための方策を講じることだ。幸村はまず後藤又兵衛基次に依頼して、真田丸建設予定地に、又兵衛にも名乗りを上げてもらうことにした。

又兵衛は黒田長政の臣だったが、豪勇にして智略にすぐれた高名な武将。主と並び立たぬにいたって黒田家を離れたが、他のどの大名に仕えるのも長政が嫌い妨げるので、止むなく浪人暮らし。大坂城では陪臣ではあるがその名声を大名に並ぶものと見て、一応元大名の長宗我部盛親、毛利勝永、真田幸村、それに準じて後藤又兵衛、明石全登を加えて城内〈五人衆〉と呼ばれている。本人はいたって気さくで、

「いや、相分かった。身共もあの辺りに、実際目をつけておったのでな、あはは。よし、幹部どもの前で、貴殿と争えばよいのだな。よしよし」

幹部といっても、片桐且元はすでに城を去り、織田信長の末弟である織田有楽斎が筆頭格だが、片桐がそうだったように、この人も徳川家との縁が浅からず、内通者だと噂もある。信望が高いのは、淀君さまの乳母大蔵卿局の息、大野修理治長だが、

「大野修理さんは、関が原のときは、東軍で、しかも家康公のお側近くにいたそうだ」

と、幸村が佐助に囁いてくれる。

「気に入られたわけですね」

「だろうな」

「殿、で、彼はいま大坂城の執権職」

「の、ようだな」

「何がなんだか、わからないですね」

「それが、この世の……実際とか、現実のありさまとかいうことかもしれん」

「結局、秀頼公と淀君さまの前で、決着をつけないと何も決まらないと」

「そうなんだが、お二人は、皆で話し合って決めてくれ、とおっしゃる」

佐助は、なんだかばかばかしくなった。

――殿、こんなところにいるの止めましょうよ。

と、言いたくなったが、すんでのところで我慢した。

そのとき、幸村の顔に、ちらと悲しそうな色が浮かんだからだ。そして、

――お前なら、わかってくれなくちゃな。

という内心の声も聞こえてしまった。

そして、御前会議だ。幸村や後藤のようないわば新参の客将を含めた城中幹部の軍議評定の場に、秀頼が臨席する。

「御成りぃ……」

の声と共に、一同平伏する。佐助は従者として主のやや斜め後方の席で平たくなる。

そのとき、佐助に、幸村の思わず発したような驚愕の声が聞こえた。佐助にだけ聞こえる内心の声だ。

「あ、これは……」

秀頼が、大男だ。六尺五寸（一九七センチ）と伝えられている。幸村には、彼のおさないときの印象しかない。

佐助には、むろん初めて見る豊臣家の若き当主である。

――立派な男だ。

まずは、そう感じるだけだが、幸村の驚愕の内容は、それだけではないものを含んでいる、

〈似ていない……〉

――誰に？　……

〈秀吉公に……御父君に……〉

幸村の胸に、不審と疑惑が渦巻いている。佐助はそれを感じとる。しかし、どうしたらいいのか。佐助の眼にも、眼前の目元涼しく凛々しい青年に、猿の匂いはしない。

とりあえず、幸村の内面にだけ届く声を、送ってみた。二人の間で交わしたことが

ない方法の通信なので、冒険だが、しかたない。周囲の武将や従者たちに聞こえる気遣いはあるまいが、はたして当の幸村に届くか？

〈殿……私の声が届きますか？　……届いたら、声でなく、ご返事を〉

するると、幸村からの反応があった。

〈どう、すればいいのだ、佐助……〉

〈そう、そのように、ただ思って下さればいいのです。思えば届く……ええ、そう信じて……〉

〈そ、そうか……やってみよう……いや、あまり驚いたものだから……聞こえてるか？〉

〈よくわかります。相性がいいのですね、きっと〉

〈うむ、それはいいが……おれは太閤殿下をよく知っていた。殿下もおれを子のように思って下さっていた、と思う……〉

幸村が秀吉のもとに人質として送られたのは天正十四年のことだ。幸村の父昌幸は、前年の夏、幸村をまず上杉景勝の許に送り、翌十四年に景勝の京へ向かった留守を狙って、幸村を呼び返し、今度は秀吉のもとに送った。幸村二十歳。

慶長三年、秀吉は幸村を従五位左衛門佐に任官させ、豊臣の姓を許している。その年秀吉は病に倒れ、没。幸村二十八歳。その時秀頼は六歳。

幸村が秀吉をよく知っていたのは事実だ。そして秀頼の母、淀君のことも。

そして秀頼臨席の軍議評定は、かの信長の末弟にして秀頼の母淀君には叔父にあたる織田有楽斎長益が、年長者として仕切ったが、新参古参（譜代）の各将を一通り紹介する以上には踏み込まない頼りなさで、話題は後藤又兵衛が提議した総構えのすぐ南に出城を築く件に集中した。

豊太閤の築かれた天下の名城は完全無欠である、という類の〈正論〉が、ひとしきり場を支配する空気となる。が、後藤又兵衛は実戦経験が豊富だ。

「のう、ご一同、誰しも弓矢とる身なれば、誘いの隙、と申すことをご存じないはずはなかろう。……数を頼りに寄せてくる大軍の、その鼻先にぶら下げてやる餌、いや、これはこれ以上申したとて、わからぬ御仁にはしょせん……ははは、のう、真田どの……」

と、振ってくるのを幸村が、やや反応が遅れながらも、ともかく応じて、

「む、いかにも……いかにも、後藤氏《うじ》のご説に左衛門佐、諸手をあげて賛同つかまつる」

おお、真田どのまで、と声があがる。幸村が座の気配に乗って、

「ついては、願わくは、もし身共にその出城をおまかせ頂けるならば」

「いや、それは言い出しべえの、この又兵衛が」と約束どおり反対してみせる。

この場合、幹部の主流は文治派で、合戦体験派に反論しにくい。

〈後藤どの真田どのが、そこまで申されるには必ずや成算あってのこと〉

という空気が支配すると、あとは建設の資材と労働力、資金の調達などの見地から
ぶつぶつしつこく意見が出る。

その一同に、ざわめきが走った。

「母上が？　……」

と秀頼の声に、迷惑そうな色が窺えなくはなかったが、瞬時にそれを抑え切って、
二十二歳の若い君主は、母を迎える敬意を示す姿勢になる。

一同、いっせいに、改めて平伏。

侍女がさきに二人、あとに一人を従えて、淀君が姿を見せた。

幸村には多少の感慨がある。慣れはじめたばかりの声に出さない会話を、佐助に向
かって、

「ああ……おれと同い年だが、お若い、さすがに……」

その声のない会話を、いきなり佐助がきびしく制した。

「殿、しばらく、これもお止めくださ い」

「え？　なに、どうした？」

「すべて、後刻……」

そして佐助は牡蠣のように押し黙った。

幸村も、素直に従う。

淀君はゆったりと幹部やその従者たちの一座を見渡す。

「おのおのがた、お役目、大儀に存じまする……」

佐助にはまだわからない。とにかく危険だという合図が、全身に鳴り響いている。

……いや、思い過ごしか、錯覚かもしれない……しかしすべての感覚が、彼に危険を告げている。そして、腹立たしいことに、その危険の源がどこか、どこから発しているのか、つかめない……まさか、淀君？　……あるいは……

淀君は、設えられた自分の座につく前に、もう一度客将たちの方角へ眼を送った。

彼女は素早く眼を転じたので、誰にとくに眼を送ったのか、ほとんどの者にはわからなかった。幸村も、わからなかった。

4

大坂城は大きな城郭都市だった。

本丸・二の丸、そして広大な三の丸。この三の丸にはさまざまな商家・町家が含まれ、全体として大きな都市になっている。

料亭もあれば、学問所もある。奉行所・町役の仕組みも整っている。戦となれば、開け放たれた大門が閉じるだけの話。補給には西に開けた海から、船舶の往来も繁く、たとえ何年籠城しても、小ゆるぎもするまい、と城内の人々が信じるだけの雰囲気がある。

その総構え（総曲輪《ぐるわ》）の城壁の外、四十間に、出城真田丸は建設を開始した。

後藤又兵衛とは話がついているから、城中幹部たちの前で競って見せたうえ、

「いや、城の攻防となれば、真田どのには信濃上田城など、経験ゆたかなことゆえ」

と、あっさり幸村に譲った。

それで済むかと思うと、そうは行かない。

〈戦略上重要な出城なればこそ、真田勢のみに任せるのは如何なものか〉

などといろいろあって、結局軍監として伊木七郎右衛門が副将格で参加となった。

五十歳。真面目な人で、最後まで真面目を貫いた。

材木や石材などは、城中に十分な蓄えがあった。資金は執権の大野修理が、城内の金作りの品や道具、柱や壁に塗った金箔まで剥がして、溶融して縦に割った竹に流して作った〈竹流し金〉も、惜しまず費用に充当してくれた。

問題は、人である。絶対的不足は、いうまでもない。

幸村は、紀州九度山から、ほとんど裸同然で大坂に入った。が、あちこちに散って暮らしていた昔の家来たちが、入城を聞き伝えて集まって来た。それに、浪人としての幸村の行動範囲が広かっただけに、広い地域にわたって影響力があり、思いのほか短時日のうちに、真田勢は数百に達した。

そして、誰に縁があるでもなく集まって来た浪人たちが、真田丸の築砦を聞くと、ぞろぞろと寄って来た。もちろん、彼らを無条件で受け入れることはせず、出城がほぼ出来上がったとき改めて、と通達すると、食い詰め浪人はその日その日の食い扶持が欲しいから、これでいったんは散ったが、なかには食い下がって帰らないものもいる。

小助が、おくにの一座から戻って来て、書き役をつとめた。

清治は、建設工事のいわば棟梁のつもりで、専門の人々と協力してともかく早く出来上がらせることに汗を絞っている。おゆみは、焚き出しの係だ。くるくるとコマ鼠のように丸い体で働いている。

「こいつ等なんだけどなあ」

と、清治が、奇抜な髪形の、一人で抜けるのかと思うような長い刀を腰に横たえた若者を、現場に連れて来た。名を甚八といった。後ろに仲間らしいのもいる。

「お前ら何したいんだ、と聞くとよ、死にたいんだ、とさ」

佐助は、例の、

〈生き過ぎたりや、二十三〉

の、江戸の《かぶき者》の流れだとわかった。甚八は言う。

「おいら、二十五になっちまってよ、死に場所がねえんだ……ここなら、もしかして、なんてよ、へっ」

と、建築現場に唾を吐く。

清治がその横面を思い切り引っぱたいてから、弁護するように、

「そんでも、生まれ里へ帰ってみて追ん出されたりとか、いろいろ苦労してんだ、こいつらなりに」

「ふうん」

佐助には、わからないでもない。

が、それにしても目立つし、なにぶん態度が悪い。清治は佐助に、

「お前も毛は赤えし、まんざら縁のねえこともねえ」

「違うだろう、そりゃ、話が」

「ま、うまく頼まあ」

佐助は小助と、処置の判断は幸村に持ち込んだ。

幸村は平然と、

「かぶき者のなれの果てぐらい抱えこめねえようじゃ、しょうがねえだろう」

と、時折みせる伝法な口調になって、受け入れを指示した。

「あの、しかしですね……」と、小助。「真田隊の隊員となれば、姓名を登録しなければならんそうです、奉行が」

城中奉行の役人が、なにかにつけて小うるさいらしい。

「いいじゃないか、登録すれば……そうか、名はともかく、姓が、か」

小助がおおいに頷く。

「私も、この隊の書き役となれば、姓が必要なので、穴山、と、武田家由緒の名だそうですが、いただきまして」

「そうだったな。よしよし、真田の家に伝わる由緒ある名前を、なにか見つくろってやれ。おれが承知だといってな……一族で文句をつけそうなのは、みな兄貴や叔父貴について東軍だしな」

というわけで、江戸から流れて来た《かぶき者》嗜好《しこう》の甚八は、真田家由緒の根津、その仲間も海野、望月などの立派な姓を得た。

「それにしても」と、城中幹部から軍監として送り込まれた伊木七郎右衛門が、真面目に心配する。

「身共の手勢も五百は居りますし、城内の後藤隊や木村重成どのの隊に応援を頼めば、さらに――さよう、二千は可能でしょう」

「五千、ほしいな」と、幸村。

「五千……それを、募って集めようと申されるか」

「まあね。出来そうな気がする――そんな風が吹いている、というだけの勘ですがね」

伊木はますます真面目に、

「なれば、さればこそ、募集について何がしかの決まりを――申さば、規則、あるいは掟の如きものが、必要でござろう」

工事現場の夜で、焚き火を中に清治・小助・甚八など、幸村を中心に集まっていた。

「そうだなあ……この隊は、と」

と、幸村は何気ないことのように言う。

「弱いものを守る、助ける……それだけでいい」

「え？」

矢立を取り出して幸村の言葉を記録しようとしていた小助も驚いた。

人々の間から、それまでいたとも見えなかった佐助が、滲み出たように姿を見せる。

幸村は続ける。

「一人助ければ、つぎには弱いもの二人が、味方になってくれる……」

伊木は驚いた。

「そ、そうやって真田丸を守備する兵を集めようと？」

幸村が頷くと、伊木はぽっかり口を開けて、なかなか塞がらない。ようやく、

「……しかし、強きものが勝つは、勝負の常道」

と、言葉を絞り出すように言った。

幸村は頷いて、酒や汁を配るなど立ち働いている女たちに眼をやる。

「強い弱いは、あっさりとは言えないでしょう……」

そして、女たちに呼びかけるように言った。

「女と男と、どっちが強い？　……女じゃないかな？」

女たちは、冗談と思ったか、どっと笑う。

何事かと周辺の者が腰を上げて、幸村を中心とする輪が広がり始めた。

「合戦なら、別さ」と、甚八が無愛想に言う。

「いつも合戦さ、女と男は」幸村の言葉に、皆げらげらと笑う。

幸村は、女たちの中のおゆみに声をかける。そして清治にも。

「お前たちのところは、どうだ？」

「あ、はい、え、ええっ」

「聞きたいなぁ、皆に」と、幸村は大きく広がった輪の一同に向かって問い掛けた。

「この二人は、どっちが強い?」

「と、殿っ」

清治が慌てふためく。一同の指は、いっせいにおゆみの方を指した。

幸村は重ねて言う。

「で、こやつら——女のほうが強い夫婦を見ていて、不幸せだと思うか?」

皆が笑いさざめき、そして清治が急いで否定の手を振ったので、どっと笑い、囃したてた。清治は真っ赤になって、小さなおゆみを抱えるようにして逃げ出した。

他の女たちが兵たちに酒を分ける。陽気なあかるい座になった。

伊木が幸村に言う、真面目に。

「御座興でありましたか、身共、武辺一筋の朴念仁で、心づかず……ははは」

幸村は首を振る。

「本気ですよ」

「ええっ」

幸村は、盛り上がる一座をさりげなく離れる。伊木もつづく。続こうとする小助には幸村が手を振った。

幸村と伊木は、大坂城と反対に、出来上がりかけている出城のすぐ南の、人々が篠山と呼んでいる築山のような小さな丘に登る。

月が、天守閣の肩に出ている。

「私は、勝ち負けで物事をあまり考えないのですよ」と、幸村。

伊木には、自分よりいくらか年下の筈だが合戦経験の豊富な相手に対して、ややへりくだる心がある。幸村は続ける。

「関が原では、私は親父とともに信濃の上田城にいました。そこへ二代将軍秀忠公の軍勢が、関が原へ赴く途中の邪魔な小石を取り除くくらいの気分で押し寄せた」

「見事な勝利をおさめられたのですな」

と、伊木。

「そのために秀忠公は関が原の決戦に遅れ、大御所家康公の大目玉をくらったとか」

「たしかに、その合戦には勝ちました。が、天下分け目の関が原は西方の惨敗でした。私の兄が懸命に命乞いをしてくれたおかげで、父と私は命を拾い、高野山に蟄居しました。……さて、勝ち負けをいうなら、どっちなのでしょう？」

伊木は困った顔になっている。

「さて、それは、武門の面目としては……」

「私ども親子は、関が原の前に、どっちを選ぶかと迫られたわけです。兄は徳川の臣としての筋目を通し、父と私は、徳川の小田原攻めの軍中から抜けて、西方に味方しました。……勝ち負けは、そのときに決まっていたのでしょうか？」

伊木には、答えられない。幸村が話しつづける。

「未来とは、未だ来たらざることの謂《い》いです。未来は見えない、読めない。だから面白い、と私は思う」

「それは、いかにも、左様……」

「伊木どの、私はこのたびの合戦、勝てるとは思っていないのですよ。いわば全日本の軍勢を相手にする戦いだ。……だから面白い、と思っているだけです」

「おもしろい……」伊木には意表をつかれた言葉だったようだ。

「面白いと思えたら、一緒にやってください。そうですね、言い換えれば、いい死にかただと思えたら……」

伊木はますます答えるべき言葉がみつからない。

「ゆっくりでいいです。その気になられたら……なんだ？」

と、幸村が声を出したのは、小助が近づいたのに気づいたからだ。

「殿。……ご城内からお使者が」

「使者？」

幸村が小助の眼の先を見ると、被衣《かつぎ》姿の若い女が控えている。

すこやかに四肢が伸びた感じで、好ましい。

月が出ていたはずだが、いまは翳って、霧のようなものが草地を濡らしている。ほど近い真田丸工事現場の篝火が、かすんで見える。

「どちらから参られた」

と、幸村が女に聞くと、俯いたまま微かに首を傾ける。

〈お人払いを〉

の意味と理解して、伊木は黙礼して遠ざかって行く。

被衣の女は、するすると近づいて、袂の上に楓の枝、枝には結び文。

幸村が結び文を開くと、

〈源二郎さま　まいる〉

源二郎は幸村の若い時代の名である。

幸村は一見して、即、頷いた。

「参りましょう」

5

「お茶をとも思ったのですけれど、こちらのほうが」

と、淀君が言って、杯を手ずから幸村にさす。

「お好きだったのよね、源二郎さんは」

「久しぶりです、その名で呼ばれるのは」

「そう、いまは左衛門佐さまね。なんだか、変」

「御母堂さま、とお呼びすべきところですが、やはり、妙です」

「茶々と呼んでくださいい。源二郎さん」

「では、はい……いや、それは無理です」

「どうして」

「どうしてって、お茶々さまは――」

「ほら、言えたじゃないの」

ころころと玉を転がすような笑いかたも同じだ、と幸村は思う。

「かなわないなあ、お茶々さまには」

昔から、そうだった。おない年なのに、姉のようだった。ずいぶん無理なこともさせられた……

「いくつだったのかしらね、私たち、はじめて会ったとき」

「私がこのお城に、豊臣家にはじめて出仕したのは、二十歳です」

「あら、でも、もっとそのずっと前から」

「ええ」

幸村は、それ以上その時代の話に踏み込みたくなかった。

お茶々は、信長の妹、お市の方の長女。生父、浅井長政は、伯父信長に攻められて小谷城落城とともに死んだ。

そのとき信長の先手の将として働いた羽柴秀吉が、天正十年、本能寺で信長が死んだ後、競争者に勝ち抜いて天下人となった。その倒された競争者の第一が柴田勝家で、信長の妹お市の方の二度目の夫だ。

幸村は、信長のことは仰ぎ見た記憶しかないが、猿面冠者と言われた秀吉とは、ずっと年が離れているが、気が合った。ある時期、小姓のような役割も務めた。

その秀吉がお市の方に恋着しているという噂は高かったが、天下の美女と名の高かったお市の方に野望を抱くには、秀吉は自分の容貌にも出自にも、劣等感を抱きすぎている、と幸村は思っていた。

あの人は意外に繊細だ、と思っていた。が、やがて秀吉は茶々を側室とした。もちろん茶々はお市の方ではないが、それはほとんど幸村の目の前で起きたことで、そのときも幸村は仰天した。

「清洲のお城の庭で、鬼ごっこしたわね」

「まさか」

「覚えていないの？」

彼女の目が一瞬、光ったような気がした。気のせいだけかもしれない。

「私はもう子供じゃありませんでした。茶々さまだって」

「だから、大人の」

「鬼ごっこ？」

茶々はにっこり頷く。

実は、幸村も覚えていた。

茶々は幸村を植え込みの蔭に捕らえて、ふいに顔を寄せた。唇が触れ合うと、ちらと舌が幸村に滑りこんで、触れ合うとすぐに引いた。あとにころころと玉を転がす笑いを残して、茶々は彼女を見失って慌てていた侍女たちを追って、走って行った。

それだけの話なのだが、若い源二郎幸村を動転させたのは、すぐそのあとに、茶々の太閤殿下側室入りが城内に知れわたったことだった。

いま、淀君と幸村が対しているのは、大坂城本丸の、さらに奥に位置する山里曲輪《やまざとくるわ》である。淀君は杯を含みながら、まるで楽しいことのように言う。

「皆が言い立てる豊太閤恩顧のお大名たちは、だれ一人入城してくれないけれど……

あなたが来てくださることは、信じていたわ」

「へえ、どうしてですか」

「どうしてでも」

さすがに厚化粧の顔が、すこし近寄ったように思えた。これも、気のせいかも。

ふいに、淀君が言う。

「あの子……似てないでしょう」

「え?」

虚をつかれた。

太閤秀吉は、五尺ほどの小男だった。そして、むしろ醜男に属した。美男の秀頼に、
猿と呼ばれた男の影も差していない、容貌的には。

「大丈夫よ、そんな狼狽《うろたえ》なくたって。源二郎さんとは口を吸っただけ」

「ええ。……いまとなれば、口惜しいような。ええ、負け惜しみですけど」

「いま、する?」

「え」

「つづき。鬼ごっこの。……人払いはしてあるけど」

「ははあ」

馬鹿げた反応しかできない。

「隠れんぼ、かなあ、だから……どっちでもいいわ……」

「茶々さま……昔は、昔」

「私とあなたさまが、ともにいるのは、いま」

おれはこういうことの場数を踏んでないなあ、と幸村は悔しい。

自分の顔が引きつっている気がする。ともかく丹田に力をあつめ、目を閉じる。

「私は、鬼です……まあだだよ……あ、逆か……」

その声が震えたようだ。南蛮ふうの香水の匂いが遠のく。

「ばかね」

淀君さまはけたたましく笑う。


その頃、この山里曲輪の屋根の上。

被衣《かつぎ》の女が、言う。

「姿を見せてくださらない……佐助さん、というのね」

甍の波が、一部分揺れたようだ。

佐助が姿を見せた。

「お名字は?」被衣の女は言う。

「猿飛」

「おかしな……」

「気に入っているけど、自分じゃ」

「そう。……私の顔を見たとき、どうしてびっくりなさったの」

「べつに」

「私が、どなたかに似ているのね? ……あなたの、そう、ずっと遠い昔に会ったようなどなたかと」

佐助は答えない。たしかに遠い記憶のなかの、霧につつまれ、しかも炎の中にいるような少女と――

「私の名は、お紀伊」

この相手は、心が読める。

軍議評定の間に、淀君に続いて最後に姿をみせた彼女から、佐助は危険を感じ取っていた。幸村と交わしていた内面の対話が読み取られる、と。――が、いまのところ、敵意は感じられない。といって、警戒の徴候が消えたわけではない。

「淀の方さまにお仕えしていることは、おわかりね。なかよくしましょう」

抵抗できない感じで佐助は頭を縦に振っていた。彼女は遠い霧の少女によく似ていて、しかも、美しい。かすかな風が、彼女の匂いを送ってくる。

「お近づきのしるし」

一瞬に距離を縮めて、佐助の手を自分の胸元に差し入れる。ほっそりとした体つきから、予想できない豊かな胸がそこにあった。

その屋根の下。淀君と幸村の距離はしっかり保たれている。

「あなたが必ず来ると思ったのはね……源二郎さん、あなたが、知りすぎているからら」

「……なにを、でしょうか？」

「私のことを……私が初めて子を孕んで、始末したのは」

幸村は手をあげて、制した。

「私、たいしたことはできませんが……忘れることはできるつもりです。できます」

淀君は、居住まいをただすと、鄭重に頭をさげた。

「かたじけなく……」

四章　大坂の陣・冬

――真田丸の快勝。佐助とお紀伊の恋。

1

「え？　戦いは和のため？　――和議を結ぶための合戦と？」

甲高い声を挙げたのは木村重成。秀頼の小姓として側近く育ちながら、弓術馬術にすぐれ、一途な性格で、かつ若さと美貌で城内女性たちの人気はとりわけ高い。

「そこじゃ、お若いかた」

と長老の織田有楽斎。

「そこって、どこなのですか。――私どもの出撃が、間違いだったと？」

木村重成は、白い顔に青筋を立てている。

大長老に対して怯《ひる》む気配もないのは、今日の〈今福・鴫野の戦い〉における初陣で、数を頼んで力押しに押して来る徳川勢に敗色濃厚だった豊臣勢を、後藤又兵衛とどもに城内から自主的に出撃して奮闘、見事に押し返して、大坂冬の陣における緒戦をまずまず引き分けに持ち込んだ――その功名の自負と、さめやらぬ興奮がある。

「たしかにあの時、私の命じられた持ち場は本丸でした。しかし櫓から見る間に今福口が破られ、雲霞の如き敵勢が潮のごとく寄せ来るのを黙視せんか」

後藤又兵衛も援軍で加わる。

「いかにもいかにも、もし我等あのまま手を束ねて事態を傍観、放置せんか、敵勢は勢いに乗って、一気に総構《そうがま》えにまで押し込んだやもしれぬ。御貴殿がたは、もしやそれがより望ましい結果であると？」

又兵衛が鉄扇をぴたりと有楽斎の顔に向けると、有楽斎も慌てる。

「いやいや、そんなことは。ご両所はじめ皆々天晴れなご活躍、めでたい、めでたい。のう、修理」

と、執権職の大野修理治長に振った。

修理は頷いたが、木村重成はおさまらない。追及する。

「いま有楽斎さまは、合戦は和議を結ぶためにある、と仰られたのですよ。修理さまはどう思われます？」

修理は、それまで沈黙していた口を開いた。

「戦いは、勝たねばなりません」

後藤又兵衛が膝を叩いた。

「さよう、いかにも執権どのの申されるごとく、合戦の目的は何か。すなわち勝利、勝利の二字」

すると修理が又兵衛の言葉を遮るかのように、

「が、……戦いは、終わらねば」

又兵衛が、一瞬戸惑う。

「む？　む、それは、戦いは、いつか……」

修理がわずかに声を高めたようだ。

「戦いは、いつか終わらねばならないのです、すべての戦いは」

この軍議評定に出席の十人あまりの将たちが、沈黙した。

真田幸村が、手をあげて、発言の意思を示した。

修理が頷くのを待って、柔らかに言う。

「すると、こたびの合戦の——行く先、と申しますかな。向かうべき的は」

言葉を一度切ったが、一座にさしたる反応が見えないからか、すぐ続けた。

「目的は、いつ、いかなる和議を、いかに結ぶかにある……そう仰るのですね、修理どのは」

修理は、ゆっくり、しかしはっきりと頷いた。

若い木村重成は言い募る。

「では、では和議のために不利になるなら、私どもは勝たないほうがよい、いな、むしろ負けるべきだと、執権職どのは」

修理は、冷静に即答する。

「いいえ。戦いは、勝たなければ。……勝てば勝つだけ、有利になる。それが、豊家《ほうけ》のために、捷《か》ちとるべき必要にして欠くべからざる条件にござる。それを勝ち取ることこそが、われらの、故太閤殿下に対し奉る忠義、当代秀頼さまへの御奉公、と修理亮、衷心より、心得おります」

会議は、その日ほとんどそのまま終わった。作戦指導部の指導を優先して尊重する、などの原則の確認のほか、何も決まらなかった。


三の丸の曲輪内では、すでに冬の陣の戦端が開かれているというのに、なお商家も多く店を開けている。いよいよ戦争が現実となって、人の出入りも物の往来も多いので、商売になるかぎりは商売をするというところだろう。

その雑踏の中で、佐助は呼び止められた。

「よう、お手代はん……というわけでもなさそうやな、あんたも城内で何ぞ仕事してはんのんか」

「岩吉さん、といいましたね、この前は見張りのお役人だったが」

「それやがな。ちぃと話が」

と、岩吉は佐助を引っ張って、人目の少ない小屋蔭に連れ込む。

「兄さん、真田丸の人やろ」

「え」

すこし、おどろいた。城内の様子を探るよう命じられているにしても、小物にすぎない、と見ていたが、佐助の動きまで見られている。もっとも、

「あの品のええご隠居はん、どうしてはるかな。紀州に縁があるような話してたさかいに、引っ込んでしまいはったのやろな」

と、この城の客将五人衆の一人とは、わかっていない。そのくらいは佐助がちょっと気を集めれば読める。

「で、なんです？　なにかおれに」

「それや。わし、あこに入りたいねん」

「真田丸に？」

「せや」

「それはまた、なぜ。だって、危ないですよ、出丸は。総曲輪からぴょいと飛び出していて、徳川勢の一番の的になるでしょうに」

「そこや……危ないから、手柄を立てる折りもある」

「え、なんですって、手柄？」

どうみても岩吉は、合戦で手柄を立てそうには見えなかった。

「兄ちゃんな」

岩吉は、彼の考えるこの合戦についての見方を開陳しはじめた。

「戦ちゅうもんは、何ぞ実入りがあるから、はじまるものや、とわしは思う」

「ふうん、いえ、はい」

聞いてみる気になった。

「東軍は日本国中から駆り出されて来とる。勝ち負けだけをいうなら、そら勝つやろう。しかし、勝った時の実入りは？　……戦いうもんは勝ったほうが負けたほうの領地を取り上げて仲間にわける、これが基本や」

「ははあ」

「しかし豊臣の領地は七十万石。押し寄せた二十万の東軍が分け取りするには、十分やろか？」

「いや、とても」

「それにそれぞれのお国から、ここまで出張ってくるには、費《つい》えも大変や。鎧兜の具足から旗指し物の類かて、他の大名に見劣りせんように気張らんならん」

「なるほど」

　面白くなりそうなので、佐助の相槌にも気が入る。

「その費用を埋めてお釣りがくるには、どないしたらええ？」

「そりゃあ、そうですね。抜きんでた功名手柄を立てるしか、ないでしょうねえ」

「そうやがな……」

　岩吉は、にんまりと笑う。

「せやさかいに、この目立つ上にも目立つ、まさに目の上のたん瘤のような出丸の攻略は、城方相手というよりも、より多く味方の、競争相手に負けへんことが、第一となる。どないだ？」

「なぁるほど」

　佐助は、かなり感心した。しかし問題はこの先である。それを突っ込むと、

「きっとわやくちゃな混戦・乱戦になるやろ。勝ち負けより、わが功名手柄が第一、知れたことや。そこで」

　と、岩吉はちらと眼を光らせて佐助を見た。

「この出丸は、飛び出しとる分だけ、寄手側に逃げ込もうと思うたら、し易いのや」

「はあ、その通りだと思いますが」

　佐助は、つねに問題にされている真田丸の性格については先刻承知である。

ふいに岩吉は、自分の喋りすぎに警戒する気配を示した。

「この先はな……ちいと秘密」

なあんだ、と落胆した素振りを佐助は見せてやった。

すると、岩吉はぐいと身を寄せて来た。

「なあ、前から兄ちゃん、頼りになりそうな人やと思ててん……」

「は？　で、何ですか？」

昔から、男に擦り寄られるのが好きではない。

「なんや、冷たいなあ……」

ここで放り出すのも気の毒な気がして、気楽に言ってみた。

「あの、真田丸の合戦は厳しくなりますよ、きっと」

「う、うん」

「乱戦になれば……怪我人や死人が大勢出て……つみ重なるかも知れませんね、山のように」

「そうやな……」

心細そうな声からすると、実戦体験は乏しいらしい。

「その中に紛れこんで、一緒に横たわっていたらどうです。寄手はそれぞれの大名の軍勢の連合ですから、その間にどっちともつかず埋まりこめば」

岩吉はかなり乗って、息を弾ませている。

「うまく行けば」と、佐助は続けた。「というか、運が良ければ」

「ふん、ふん」

「深手で死にかけた侍の、首を拾うことも」

「そ、それやっ」

岩吉の声がはずむ。

佐助は思い出している。少年の頃のある時期、清治のような孤児《みなしご》仲間と組んで、合戦や小競り合いがあるたびに、落ち武者たちの、ときには死者から具足など金目のものを剥いだことがある……

大人たちは竹槍など準備はいいが、おおむね子供たちよりは臆病で慎重だから、彼らが死体たちにたかる鴉のように群がってくるまでには、すこし間がある。それに先んじて、あるいは間を縫うようにして、すばしこい子供たちは走った。たとえ獲物を大人たちに取り上げられてからでも、しつこくまた現場に戻れば、まれには、死者たちの固く身につけて隠し持ったお守りのような、残り物に金目のブツがあたることもある……

岩吉に孤児仲間の匂いはまったくしなかったが、彼がこの時代の不運な貧しい人間たちの一人で、いくさ場に生きる糧《かて》を得るために来ていること、などは見て取れた。

ともかく真田丸で働きたいという望みは、叶えてやろう、と思った。特に理由はないが、幸村に相談するまでもない気がした。

――この城は、上から下まで、間者や密偵だらけだ。誰が敵やら、味方やら。

それに佐助は付け加えて思うばかりだ。

――それは、一人一人の心の中でも、同じだ。

2

真田丸に戻ると、清治が待っていた。

「おい……いよいよ始まりそうだってな、敵の総攻めが」

佐助はあいまいな顔になった。

「なんともいえない……総大将の機嫌ひとつかも」

「家康って人の？」

清治の腋《わき》の下あたりから女の声が聞こえた。おゆみだ。

頭に色違いの布を巻いて、洒落た感じの頭巾にしている。

「うん……将軍秀忠はじめ、部将たち、大名たちは合戦を急いでる。早く片づけて江戸で正月を迎えたいんだろう……でも、大御所家康は、頑として、なかなか攻撃の命令を出さない」

「なぜかな？」と清治。

「合戦をすれば敵はもちろん、味方にも被害が出る。無傷ってわけにゃいかない」

「へえ、意外とやさしんだ、家康ってお爺さん」

佐助は首を振った。

「たぶん、違う。……一所懸命戦った彼らを、褒めないわけにはいかないし」

「そりゃそうだ」と清治。「読めた、爺になるとケチになるっつうから、報奨の金が勿体ねえのよ、家康は」

——そうかもしれない、と佐助も思う、あの岩吉の意見に影響されたかな、と苦笑まじりに。——しかしそれはおそらく吝嗇がどうのという次元ではない、家康という超大物の本性に根ざした考え方なのではないか？

「だが、こうして城を囲んでいるだけだって、かかりは大変だぜ。大名たちも一刻も早く」

「でも」とおゆみ。「それはそれぞれの大名の負担であって、家康さんたちには責任がない、でしょ？」

「だろうね」と佐助。「幕府は大名たちに、なるべく無駄な金を使わせたいんだから。

——でも、鋭いなあ、おゆみさんは」

「おお、おお」

と清治が、おゆみをうっとりと見る。おゆみはまた清治の腋に顔を突っ込む。

佐助は、自分にまだ予定があることを思い出した。

「で？　……何なんだ、おれに用って」

「ああ……で、とにかく、総攻めは始まるんだな、おそかれ早かれ」

佐助は頷く。

「大御所は、かりにも現在の将軍秀忠の意向を無視しっぱなしには出来ないだろう。案外、その〈早かれ〉のほうかも、な」

「合戦は、この真田丸を中心に……」

「無視はできないだろうな」

清治はおゆみの肩を抱いて、顔を見つめ合っている。

「なんだよ、お前たち……え？」

「おれたち、いっしょに……なっ？」

「ええ」とおゆみ。

佐助は、ちょっと呆れて言った。

「お前たち、まだ、いっしょになっちゃ――」

二人の声が重なった。

「いっしょに、死にてぇんだ」「いっしょに、死にたいの」

　そして、おゆみの頭を巻いている頭巾の布をくるくると取ると、くりくり坊主の頭が現れた。

「いくさ場にゃ女は入れねえっていうから、男にする」

「なる」と谺のようにおゆみが言う。

　清治が続ける。

「──俺に伊三っていう弟がいて、早く死んだ、逃げ後れて……こいつ、おゆみは今日から伊三入道だ。三好伊三入道」

　佐助は、頷くしかない。

　忽然と思い出した。……ような気がする。

　──おれにも、妹がいた……炎と炎のあいだに、そのあいだだけ、いっしょにいた、手をつないで走った、逃げた……

　気づくと、いつの間にか様子を窺っていた小助はじめ真田隊の仲間たちが、わっと清治とおゆみを囲んで、手を叩いている。

3

佐助を、こんどは根津甚八が待っていた。

「ちょっと、俺たちと話してくれ」

「いいけど……約束がある。ちょっとの間でいいか」

甚八は、言う。

「ちょっとで言えるが……やたらかかるかもしれねえ」

「言ってみろ、とにかく」

甚八が頷くと、ぞろぞろ例の元かぶき仲間が姿を見せた。

「おいら、なんてぇか、あんたを仲間だと思ってる……じゃなきゃ、この話は出来ねえし」

皆、一様に頷く。

佐助に、かちんと来るものがあった。

「待てよ、おれは誰の仲間にもなる気はなくて、ここまで来た……いきなりの仲間呼ばわり、御免だ。勘弁してくれ」

海野六郎と今は名乗っている元かぶき奴の一人が、吐き出すように言う。

「け、あんた真田幸村の腰巾着じゃねえのかよ、現に」

「六」と、年長の望月が抑えた。これも何故か六郎と――望月六郎と名乗る。仲間は海野のことは六と呼び、望月は望月さんと呼ぶ。

「何とでもいえ」と、佐助。「おれはおれの生きたいように」とまで言って、ふいに詰まった。でも、押し切って、言った。

「生きたいように、生きようとしてる……で、おれはいま、ここにいる。真田丸に。それだけのことだ」

　と佐助は言った。

「あはは」と、根津甚八が笑う。「いいじゃないか、狙う的が一緒なら、いいとしようじゃねえか」

「ねらう的？」

「そうさ」

　甚八は、立ち上がると手にした弓をきりきりと引き絞った。矢は番《つがえ》ていない。しかしかなりの剛弓と見えた。

「どこへ向かって撃つ？　矢を放つ？　……それがわからねえ奴らが、この城にゃわんさといる。それを知ろうとしねえ白痴ももっといる……」

　甚八は、弓を絞ったまま、つがえていない仮想の鏃を、佐助に向けた。

「さあ、どこを狙ってる、あんたは。猿飛佐助さん……」

そういう聞かれ方をしたことがない。愉快な気がした。

佐助も笑った。声に出して笑った。

笑っているうちに見えてくるものがあった。

「そうだな、甚八さん……的を絞ることは、とりあえず、意味があるようだ」

甚八もにやりと笑う。

「仲間になってくれますか、とりあえず……どうやら、佐助さんにはおれの思うことぐらい、見透かせるらしいし」

たしかに、佐助には、甚八たちの狙う〈的〉が絞りきれていない混沌が、見て取れていた。

「それじゃ、率爾《そつじ》ながら」

と、望月六郎が進み出た。

「現状に関する管見を、いささか」

望月は小西行長の家臣だったとかで、いわゆる関が原浪人だ。キリシタンで、大きな十字架を首に懸けている。幕府のキリシタン禁止令は二年前から出ているが、大坂城内には信者も流れ込んでいるし、五人衆の一人明石全登はいわゆるキリシタン大名。

望月は城に入ってからも交流があるらしい。

「大坂方に参集した浪人たちは、大半金目当てだから、関東方の大軍に囲まれればすぐ逃げ散るだろう、やがて雲散霧消と、これが関東勢はもちろん、京雀や大坂鴉《がらす》どもの共通の見解だった」

それが、外れた――のは事実だった。予想に反して、大坂城に拠る浪人たちの数は目立った減少を見せなかった。

さりとて、城方に有利な形勢が多少とも開けて来たわけでは、まるでないのが、不思議だった。

勝つ見込みは減っているのに、城方に賭ける気持ちがむしろ増えている。

「おれたちゃ、何にでも賭けるさ――食えないのに慣れているからな」

と、ぼそりと言ったのは、これも関が原浪人の筧十蔵。大谷刑部吉継の小姓だったともいう。望月と並ぶ年長組だ。

「食い詰め浪人の気分はご説明いただいたがね、そういう自棄気味の心境ばかりでもあるまい」と、望月。胸のクルスをもてあそびながら、「ここで、まるっきり逆に考えてみたらどうかね。え？　それぞれの理由のはぐれ者たち」

「神の与えたもうた尊い試練だとでもいうのかね」と、不精髭を撫ぜる筧十蔵。「ありがたく腹を空かせろというのか、一理はあるが……聞き飽きた」

根津甚八が苛立った。

「なあ、おれたちゃ、いままでだって、生き過ぎちまったと思ってるんだぜ」

佐助が口を開いた。

「ああ、甚八さんたちのような連中は、少なくない。いや、数の問題じゃなく、この城の気分を、どっかで支えてる」

「なんだって?」と、甚八自身が驚いた。

「そうなのさ。あんた達の雉《きじ》や軍鶏《しゃも》のような髪形も、元結なしの洗い髪も……みな、顔をしかめながら、でも、あんたらを受けいれるのが日本中でこの城の中だけだってことに、心の中で気づいてて、すこし自慢にも思ってる……」

と、佐助は自分の言葉が繰り返しになることに気づきながら、

「皆、誰の心も一つじゃない。いつも動いてるんだ」

「まるっきり逆、と身共が言ったのに、この場合は似ている」と、クルスの望月。

時の鐘が鳴った。

大坂城には神社仏閣もある。時の鐘はきちんと鳴らされる。

佐助は立ち上がる。

「悪いが、約束があってな、次の」

「誰に会うんですか?」と、聞いた奴がいた。

佐助は笑って、

「女さ、決まってるだろう、この時刻に」

するとと、甚八が、妙にしゅんとなってしまった。

――おれは、この若者たちに、反発や多少の嫌悪感をおぼえながら、同時に、親近感としかいいようのないものを感じているのかもしれない、と佐助は思う。

4

十一月三日（旧暦）。
この年、いたく天候不順。この日、ひどく寒くなった。
城方はまだしも、取り囲んで布陣している関東勢には、こたえる。
それに、
〈抜け駆け、まかりならぬ〉
と、厳命が出ている。が、同時に、
〈抜け駆けせねば、こんりんざい功名手柄は獲られない〉
という、誰が考えても矛盾した状態なのだが――
佐助が幸村に、
「これに耐えさせることが、家康の政《まつ》り事《ごと》なのですか」

と聞くと、

「どんな政治にも、そういうところはあるだろうがね」

と幸村は、例の超然とした調子で言う。

しかし、佐助はこのとき、見えた。幸村が〈時機〉を感じ取っていることを。

「そろそろ、でしょうか」

幸村が微笑みを浮かべた。苦笑といったほうがいいような。

「こっちの仕掛けも、待たせすぎては効き目が薄くなるだろう」

「それでは」

「うむ」

佐助は、真田丸から姿を消して、本城の総構えの塀を越える。

影が待っていた。

〈お紀伊〉

この二人は、声を出さない。かえって正確な会話が出来るとも言える。

〈城内には、関東に内応する人々がいて……と噂を流したのは、あんたね、佐助〉

〈事実だからな〉

お紀伊に心を読ませながら、この淀君の腹心が、自分たち……さしあたり真田隊にとって、味方か、時に応じて敵に回るか……その相手の心は読みきれていない。

お紀伊が声を立てずに笑う。
〈ばかね。こころは変わるもの――〉
佐助は苦笑して同意を表すしかない。
〈とにかく、ここは味方するわ〉
〈淀君さまの心も？〉
〈承知でしょ、女があてにならないこと〉
夜更けの総構えの塀の上で、ちらとお紀伊は佐助と手を触れ合った。
佐助は、自分が思いのほか、ずきんと来たことに驚いた。一瞬、体が熱くなった。
そしてそれがお紀伊の側にも起きていることに気づいた。
彼女が、言葉を、掠れたような声に出した。
「不便ね、あたしたちって」
佐助は総曲輪の中へ。お紀伊はそれを塀にとまった鴉の一羽のように見送る。

幸村と佐助の話し合ったことは、単純である。
関東勢のなかに、
〈城内には味方がいる、肝心なときに知らせがある〉
という噂をこっそりと撒く。

――そりゃ、そのくらいのことは、あるかも、いや、たぶん、あるだろう。と寄手の誰もが思っている、いわば常識といえば常識に過ぎない噂を、いつ、どのように有効に利用するか。

天候不順で、寒い。真田丸に面した前田利常の隊の兵馬は、体を動かさないではいられない気分だ。しかし下手に動かすと、周囲の徳川勢から〈抜け駆け狙い〉と見られて、大御所の不興を買う恐れがある。

前田家は父利家が犬千代の昔から秀吉と親しく、家康と並んで五大老の一人でもあった。いろいろあって、いまは家康の信頼を得ているが、徳川譜代とはわけが違う。ここで功を立てておかねば、加賀百万石が危ない。

そしてさらに、幸村と佐助が一致したのは、いらいらした関東勢が期待する城内よりの内応の知らせは、どんなものか、だった。

《狼煙《のろし》》

このあまりにも、と言いたいほど古典的な方法が、たぶん寒気と退屈に辛抱しきれなくなっている敵勢にとって、有効なのではないか。

同日深夜。

〈とにかくぎりぎりまで、兵を出してみよう〉

と、待ちきれない加賀勢の先手が、夜陰に乗じて、ひっそりと真田丸の周囲に近づいたのは、当然のことだったかもしれない。

若い指揮者ほど、麾下の将兵の《気分》に逆らいにくい。前田利常の加賀勢の先手の将は重臣の本多政重で、彼は家康股肱の本多正信の子だから、お目付を兼ねた立場だ。が、彼自身三十をいくらも出ていない。戦いたくてしかたがない。

なにぶんにも夜霧が深い。じっと朝を待った。

誰にも気づかれまいと思っても、先ず同じ徳川勢が神経質になっているから、

〈前田が動きつつある……〉

たちまち大坂城南側の東軍、松平忠直の越前勢、井伊直孝の彦根勢が、じわりと動く気配を見せる。〈抜け駆けはならぬ〉にせよ〈後《おく》れを取る〉のは、もっと怖い。

馬が、実は何を嚙ませたって、騒ぐときは騒ぐ。鼻息を立てる。

十一月四日暁闇。寒さがさらに厳しい。

真田丸正面の小山、篠山にじりじりと近づいていた前田勢の先手は、ようやく朝が白みはじめて風に霧が動くと、びっくりする。これまでこの篠山には、真田丸から鉄砲隊が出張っては、挑発的に撃ちかけて来ていた。その姿がない。

前進部隊の指揮者は戸惑う。が、なんにせよ、敵の姿がない。もう少し出ても危険はあるまい。またあわよくば――

真田丸の北側は、本城の総構えとの間、四十間（七〇メートル余り）。敵の姿がまるでないのだから、ここで引き返す意味がない。寄手の先頭はするすると総曲輪に近づく。

そのとき、城の総曲輪の内部西寄りに、爆発が起こった。

ちょっとやそっとではない、火薬箱一箱吹っ飛んだ大花火だ。

「合図の狼煙だっ」

と思わないほうがおかしかった。ちょろちょろとした狼煙なら、迷ったろう。が、派手な爆発だ。まさか大切な火薬をむだ遣いするとは思わない。

むだ遣いではなかった。いっせいに加賀勢は突進した。

それ遅れてはならじ、功名手柄はこのときをおいて又あろうかと、大軍がどっと真田丸に襲いかかった。

真田丸の正面には池が掘ってある。薄氷が張っている。そこへうっかり踏み込んだ兵も馬も、縮み上がってしまうが、狼煙の合図に後から後から寄せてくる味方の大軍に押されて、ずぶずぶ極寒の水中に飛び込まざるをえない。

それを見た後詰めの将兵は、泥池を迂回しつつ、たかの知れた出丸ひとつ、揉みつぶそうと力攻めにかかる。もはや、

〈抜け駆け決してまかりならぬ〉

の厳命は、

〈なに、勝てばよいのだ。目障りな出城、踏みつぶせばまず一番の手柄〉

興奮で忘れ飛ばしてしまう。

先手の兵は、正面の城塀にとりつく。何といっても俄仕立ての出城だから、手掛かり足掛かりも多く、攀じ登りやすい。たちまち城壁が徳川勢の将兵で埋まる。

真田丸の東側西側、ともに空堀である。さして深くはなく、一気に攀《よ》じ登れるほど浅くもない。幅もあるが、とにかく水はない。えい一息に踏み渡れと、どっと寄手の兵も馬も、空堀におどりこんだ。


すると、待っていたような真田丸狭間《はざま》からの一斉射撃。

それは覚悟していた、鉄砲も弓も。多少の犠牲は厭わぬ力攻めである。

想定外だったのは、大勢が取りついた塀そのものが、どっと剥がれるように手前に崩れ落ちたことだ。

急拵えで登りやすいと見えたことが、仕掛けの罠だった。とりついた武者たちは石垣や材木もろとも続く味方たちの上にどうっと振り落とされる。

すでに城壁内におどり込んだ先陣争いの猛者たち少数は、真田丸内部にとり残され、あとに続く者がない。待ち受けていた城方勢が、わっと熊ン蜂がたかるように襲撃する。一騎当千の腕自慢も、雑兵たちに目つぶしをくわされ、寄ってたかって殴られ刺される。

崩れた塀とともに空堀に落ちた将兵には、上からさらに大石や材木などが降り、泥水や塵芥が浴びせられる。

さらに、いったん猛進を始めた大部隊は、直前の部隊が不意に視界から消えても止まれない。後続に押され押されてこれまた空堀へなだれを打って落ちて行くしかない。

「なんだ、これはっ……まるで、昔の――」

軍書には詳しい若年の武将は絶句した。

「む、昔、大昔の、楠木正成の千早城攻めじゃないかっ」

いきなり時間が巻き戻されたような衝撃を、寄手の各将は覚えたかもしれない。

時代錯誤な、とせせら笑う余裕がない。建武の昔になかった銃砲や焼き玉、焙烙火矢が雨と降り注ぐ。狭間とは見えない空間から飛び道具が突き出て来て、逃げられる死角がない。

本城の狭間の、石壁の石が回転して、いわば広角度に銃座が動き、死角なく狙い撃ちできるように用意されている。とても事前の偵察では見抜けなかった。それだけ数を頼む慢心があったとしかいいようがない。間者たちも、実戦を目の当たりにするまでは、小さな細工の意味に思いあたらなかったものか。

5

関東勢は、もう遠くなって久しいと思い込んでいた往古の、いや戦国の亡霊を、まのあたりに見せられたのである。建武の昔に遡らずとも、これに相似た合戦はあった。誰もが知る、それは十四年前、関が原の合戦のおり、いまの将軍秀忠は大軍を率いて中山道を主戦場へと急いでいた。信濃には真田昌幸の上田城があった。

――目障りな。

とも思わず、無視して、父家康のもとに急げばよかった。だが、家康の上杉攻めの陣営から、ただ真田昌幸とその次男幸村だけが、西軍に味方すると旗幟鮮明にして脱している。福島正則らすべての豊太閤子飼いの武将たちが、のこらず東軍参加と家康に対する忠誠を誓ったのに。

――小癪な。

秀忠は、真田昌幸のことを軽視していた。その子幸村にいたっては、意識にも上っていなかったかもしれない。

――上田を一揉みに揉みつぶして、大御所への土産にしよう。

そんな気持ちで、上田攻めにかかった。

先手同士が接触して小競り合いになると、たまらず真田勢は城に逃げ込んで行く。そう見えた。

あとは、秀忠にとって思い出したくない記憶である。

上田の町は、そのまま真田家の要害だった。戦場が狭くては大軍もその力を発揮できない。秀忠の軍を川原へ誘った。

ここなら戦える、と秀忠の軍勢が張り切ったのは当然だ。だいたい父の家康が野戦を得意にしていた。若い秀忠は焦りはじめていた。そこへにぶく深い轟音が聞こえた。

「なんだ、あの音は？」

水だった。神川の上流をかねて堰き止めてあったのを、一度に開いた。たちまち馬も人も押し流された……

あれもこれも、秀忠の側の調査不足は否めなかった。

かくて、秀忠の軍勢が関が原に着いたときは、もう決戦は終わっていた。東軍の地滑り的圧勝に終わっていたからいいようなものの、秀忠が父にひどく叱責され、それが骨身に応えていることは、いうまでもない。

十四年を経て、いま、また眼前にあの悪夢が再現しようとしている、と秀忠は震え上がった。

　圧倒的多数の関東勢は、加賀勢の突進に続いて越前勢が力押しに押し出し、真田丸を無視して直接総構えの城壁に挑んだ。が、弓・鉄砲の狙い撃ちに遭って、とても一気には抜けないと判断、空堀に落ちた味方の救出を含めて、ともかく、

「引け」

　の指令が飛んだ。

　思えばその指令だって、どこから発したものか、こうした場合にはわからない。

「引くな、構えて引くなっ、引くは武門の恥、引かば負けぞっ」

　と声を嗄らす武将もいる。

「引け、ひとまず引いて、次の指令を待てっ」

　と伝令が叫ぶ。

　しかし思えば「掛かれっ」の声がいつどこから出たか、わからない。

　遠眼鏡で戦況を見ていた秀忠は、慄然とした。

「こういうときだ、こういうときに、上田では水が……」

　突然、真田丸の東側と西側に、馬がようやく通れるかという幅の木戸が開くと、そこから騎馬武者の隊が奔流のように躍り出て来て、混乱している関東勢の横合いから速度をいささかも緩めずに突っ込む。

　赤い潮だった。その旗指物が赤。赤い具足に六文銭の印。

実によく目立つその面々は、東からの隊は渦を巻いて西へ怒濤のように、西から出た潮は同じく東へ竜巻さながらに暴れ回って、法螺貝の音とともに、忽然と出城のなかに吸い込まれて行く。

われに返った関東勢が追撃にかかろうとしたときは、出城ごと巌のように固まって、攻め口の手掛かりも見いだせない。

——また、やられた……

秀忠の衝撃は大きい。彼も一通りの軍学に通じているし、周囲には、合戦経験豊かな老将たちも付き添っている。

「なに、真田の軍略など、底の浅い、たかの知れたものにござる」

「さようさよう、古臭い楠木流に、新しい兵器などで味付けしたまで」

「思えば、上田の時も、われらの敵は油断であった……これから、全軍を引き締めて行けばよい、それだけのこと」

だが、秀忠は、慰めてくれる老将たちに、同感できなかった。

——父上は、こんどは許してくれぬかもしれぬ。

秀忠は家康の三男である。父家康は、嫡男の英邁の声高かった岡崎三郎信康を、天下取りのための合従連衡（政治的取引）に、その母（築山殿）とともに犠牲にしたほどの人だ。すでに二代将軍の座にあるとはいえ、決して油断は出来ぬ、と秀忠自身がよく知っている。ちなみに、家康には十男までいた。

その家康は、総責任者としての秀忠を、責めることもしなかった。

——自分ひとりで、やるしかない。

と、とうから決めていたことだ、この戦《いくさ》について。

天下は、それを保つことは、やさしいことではない。たぶん、自分にしか出来ぬ。

誰に、何をせよ、などと命じて、その出来不出来を言うても詮ないこと。

必要なのは、わしの言うことを、守ること……

そして、それが、わしがこの世におらぬようになっても、定まった仕組みとして、いつまでも続くこと……

上のものの言いつけを、下のものが守る。その仕組みさえ出来れば。——血肉化した精神、魂の生き様として。凡庸なわしの子、無能な孫たちでもこの国の支配が可能なような。そう、生きかたの法度。法、掟。

さて、それが、間に合うものか、どうか……

つまり、彼にとって、怖いものはただ自分の年齢だった。

——そうか、力攻めはならんか。

陣屋で家康は、硯を引き寄せ、自分で手紙を書きはじめた。

——さらば、和議の交渉に出るしかない。

交渉の相手方は、当然秀頼だが、しかし実の決定は淀君が下す、と知っている。

仲立ちを依頼するのは、まずは淀君の妹、初。京極高次の未亡人で、いま常高院。

そして同時に打つ策の一つは、かねて用意させていた大筒（大砲）を、小高い山に据えて、城の天守閣を狙わせること。なに、命中率は低くていい。威しになれば十分。まぐれ当たりで儲けものだ。

つぎに、鉱山の山掘りの技術者たちを求めている、と噂を流すこと……

七十三歳の家康の頭は、せかせかと動きはじめている。

6

佐助とお紀伊。

二人の抱擁は、声を出さない。

山里曲輪の淀君寝所、その天井裏。

お紀伊には淀君を守る役割がある以上、やむを得ない。

　佐助がいつか幸村に説明したように、隠形の術、とまでいわなくても、忍びの役割をつとめる者たちにとって、呼吸が基礎中の基礎である。

　息を殺す。この場合、寝所に眠る淀君に、存在を気取られてはならない、というわけではない。

　だが、お紀伊は気息の音も殺している。

　――だって、恥ずかしい……

　と、お紀伊は声に出さずに言う。

　佐助には、お紀伊の、されたいことが、わかる。

　触れられたいように、してほしいように、してやる。お紀伊には、自分のからだの中のさざ波のような戦《おのの》きを、すべて佐助が、いま知りつつあり、そしてさらに深く知るだろうことが、わかる。

　さざ波がやがて音のないままに、風をおこし雲を呼び、渦を巻いて嵐となる。すべて音のないまま、外に現れないままに、と、お紀伊は歯をくいしばって耐える。

　その思念は、きれぎれに佐助に伝わる。

　――ご、めん……かんにん……

　佐助も思い、伝える。

　――なに、ごめんって……堪忍だなんて。

——あたし、意地っ張りだから、負け嫌いだから……あ……

佐助はそんなお紀伊を愛しく思う。

——ごめん、お紀伊……

——な、なに……む……

——おれ、いじめたいんじゃない、お前を……

——う、うん……くっ……

お紀伊の気息が絶えたか、と一瞬愕然とすると、ちがった。佐助だけに聞こえる声が、絶え絶えに聞こえる。

——わかって、る……

——苦しめたいんじゃない……

——ん……してほしい、から、私が……ねがうから……

そして、彼女は喪神する。

気息は絶え、心音も聞こえないかのようだ。

が、佐助はわかる。いま落ち込んでいる底の見えない深い淵から、やがて彼女は這い上がって来て、頬笑むだろうと。

鐘の音が聞こえる。

漏れてくる月の光で、佐助はお紀伊を見つめている。

――この愛《いと》しさだけは、殺せまい。

と、佐助は呟く、声にださずに。そしていま、二人が敵味方になる事態が予想できるわけではないのに。

――静かに燃えるこの火は、消えまい……

鈴《りん》の音が聞こえた。南蛮ふうの鈴だ。

お紀伊がすぐに目を開く。この音は淀君がお紀伊を呼ぶときの鈴だ。

佐助は厳密な意味で人に仕えたことがないから、お紀伊と淀君の関係もよくはわからない。わからないことには、まず謙虚な姿勢をとるのが、佐助の本能的な習慣だ。

お紀伊は青ざめたままの顔で、佐助に唇を寄せた。

唇がしっとりとかさなり合って、その中で舌がはげしく動く。

たがいに心を読むことはしない。読む必要がない。たがいがたがいを必要としている、それだけだから。

お紀伊は抱きしめ合った腕を解《ほど》くと、するりと天井裏から姿を消す。

佐助が真田丸に帰ると、穴山小助が待っていた。

この男は背格好が幸村に似ているとあって、影武者の役をしばしばつとめる。昨日の合戦で、二百余りの兵とともに関東勢をかき回した先頭の武者も、この男だったかもしれない。

「殿が呼んでいる」

「承知」

幸村の寝所に向かう途中、宿舎の土間にもつれ合うようにしている男女の側を通る。中に、見知った顔がいて、呼ばれた。

「お手代はん」

岩吉が、仲良くなったらしい城内の女と、べたべたしている。つい、軽口を叩いた。

「合戦、お手柄のようですね」むろん、女のことだ。

「へへっ」

と照れながら、それでも声を潜めて、

「様子しだいで、あっちゃに逃げるつもりでな、夢中で走っとったら、いつのまにやら、戻って来てしもた、あはは。人間、一寸先は闇で、よう見えん。はは」

痩せぎすの年増女に絡まれて、土間に沈んで行く。

先日の勝利以来、徳川勢の攻撃もないので、楽天的な気分から、風紀は乱れている。ちなみに、大坂籠城の将兵八万、女性が一万という。

幸村の寝所へ行った。

「御用は」

「うむ……」相変わらずの調子だ。「明日、供をしてくれんか」

「いいですよ。どこへ」

「本丸の、その奥」

というと、山里曲輪か？

「淀君さまに呼ばれてな。同い年だから、って、意味はないんだが、断りにくくて」

「はあ。それだけですか」

「ああ」

真田丸の中央に、大きくはないが、広場がある。幸村の部屋を出て来ると、広場に、月の光を浴びて、根津甚八がいた。

「佐助さん」

長い刀を背にかついで、近寄って来た。

「的を、絞ったぜ」

「的？　……ああ」

甚八は、さらに体を寄せて、囁くように言う。

「淀君を、斬ろう」

五章　大坂の陣・夏

——和議。城中の「かぶき踊り」。秀頼の実父探し。最後の戦い。

1

「自分を、めちゃめちゃにしてやりたい……そんな時があるものよ」

淀君の部屋に、幸村が来ている。

「いえ、男は知らないけど……」

佐助が供をして来たはずだが、姿を見せない。淀君のほうも、侍女たちが、呼ばれなければ近づかないよう命じてあるようだ。だから、お紀伊の姿もない。

〈今宵は幼なじみ同士、気儘に〉

と、いうことで、二人はそれぞれ手酌で、杯を傾けている。

「それで……太閤殿下のお側に参られたのですか」

幸村も、今日は聞きにくいことを聞くつもりだ。

「え、ごめんなさい……それでって？」

「めちゃくちゃにしたくて……ご自分を」

淀君は笑う。

「それは、べつ。……あはは」

「何と、別なんです？」と幸村。

「なんとって？　……源二郎さん」

と、幸村の若いときの名で、淀君は呼ぶ。

「ですから……うむ、どうも、いけないいな。その名で呼ばれると」

「おや、なぜ」

「からかわれているような気がするのですよ、お茶々さまに」

すると、淀君は真顔になった。

「それはいけないわね、ごめんなさい」

「いいえ。……汗が出て来たな、外は雪もよいだというのに」

「あら、そう？」

淀君は手を叩く。

「ねえ、だれか……雪ですって？」

答える声があった。まもなく年老いた侍女が姿を見せる。

「ちらほらと……」

「雪見にしましょう。障子を開けて」

山里曲輪の名は、文字通り山里の雰囲気を、この大坂城内で得られるがためだという。三重になった障子を開けると、庭が見えて、ごく自然の山里を模した築山や小川、水車、池、石、また樹木や笹などの上に、はらはら雪が散りかかっている。

障子を開けることは、これからの話を、外から立ち聞かれないため、と幸村も分かっている。

火桶などの処置をすませて、侍女たちが立ち去ると、淀君は幸村に身を寄せて、少し小声になった。

「その無茶苦茶のころ……私が生み捨てた子……」

「ええ。密かにその始末を、若年の私が命じられました」

淀君は、信長の妹お市の方と浅井長政の間の長女である。母お市の方が、二度目の夫柴田勝家とともに、越前北の庄の落城で自刃したあと、お茶々は二人の妹と武生府中城の前田利家に預けられた。当時十七歳。

利家は、豊臣秀吉とは、犬千代、藤吉郎のころから親しかったし、一時は柴田勝家と組んで秀吉と対立したこともあったが、不仲は決定的なものにならず、親を失った三人の娘の面倒を、とりあえず見たのは利家だった。

越前の府中は北国の寂しい城だった。利家には南蛮趣味もあったし、《かぶき者》たちにも、寛大だった。遊芸の徒も、府中城には招かれることが多かった。

「ご迷惑をかけたのね」

「いいえ……私は何も知らず、ただ命じられたままに」

「誰に……」

「申し上げかねます」

「いいのよ、立派に育っているなら」

「では、なぜお聞きになるのですか」

淀君は、ぽかんとした顔になって、少しずつ降り積もりはじめている雪を眺めていたが、ぼそりと言う。

「味方がほしいのよ……血を分けた子供たちに、もしいるなら……助けてほしい……」

「お会いになりたい、と」

「会わして、源二郎さん……あなたはきっと知ってらっしゃるって、私思ってた」

幸村は否定しなかった。

「しかし」

「しかしはないのよ、源二郎さん」

「向こうが、嫌かもしれません」

淀君はあっけに取られた顔になった。それは考えてもいなかったようだ。

やがて、言う。

「そう……そんなことがあっても……でも、会わせて」

幸村は、吸い物椀の蓋に、酒を注いだ。

「お強いのね……ないんでしょ、つぶれたことなんて」

「ありますとも、若いころに、たくさん」

幸村は椀の蓋の酒を干すと、自然なことのように、座りなおした。

「で、今宵のご用向きは？」

まっすぐ淀君を見ると、彼女は笑いだした。

「まずはお祝い。みごとな合戦ぶりだったわ、真田丸。私、天守から見ていました」

「そうですか。――では、なにか、ご恩賞を賜るとか？」

「ですから、ここにいるじゃないの、私が」

淀君は、瓶子を取り上げて、幸村に向ける。

「ありがたく……お茶々さまに差して頂く御酒、あだには」

淀君が膝を進めた。

「ね、どうなるのかしら、この合戦。源二郎さん、じゃない、左衛門佐幸村さま」

幸村は苦笑する。

「総大将は秀頼さま、そのお心のままに」

「あの子は、戦うつもりです。とてつもなく強情」

「では、それがお答えです」

「勝つ見込みは?」

「天のみぞ知る」

「からかっているの、私を?」

「いいえ」

幸村は、真顔で、しかもにこやかに、言う。

「私は、いつも戦って来たのですよ、幼いころから。一年に四たび主君を換えたと名高い変節漢、真田昌幸という父のもとで」

淀君は頷く。

「関が原のあと、結構ながい歳月がありました、父も死んで……それでも他のことは考えなかったな、いつか、また戦うことの他には」

「その戦いって、合戦のことだけ?」と、淀君。

「私はそういう家に生まれて、そんな年月を生きてきたんです。職業ですよ。それだけのことです」

「好きなのね、戦《いくさ》が、男は——」

その言葉に、おっ被せるように幸村が言った。

「だい嫌いです」

「あら、だって」

「私は嫌いだ、というまでのことで、ほかの男のことは知りません」

淀君は、若い娘がするように、目をくるくると動かした。

「へへえ……でも、城内ではこんな噂もあるのよ、あなたについて」

「どんな噂です」

「真田は派手にいいところを見せた……」

「しかたありませんね、事実ですから」

「これで、売値がだいぶ上がったろう……」

「売値、とは？」

「東軍には、あなたのお兄様、信之さんがいる……関が原のときだって」

「そこまで行くんですか、関が原」

「信之さんは東、あなたとお父様は西。どっちが勝っても、真田は残る。……うまいことを考えるものだが、誰にでも出来る仕業ではない。武門の意地というものがあるからな、われら、お互い、あはは……ですって」

「……」幸村は、微笑みを崩さない。

それを、淀君はきらきらする目で見て、続けた。

「やはり、あの一族の血かなあ……などと」


佐助は、常人には聞き取れない音も聞くことができる。しかし、従者として控えているよう命じられた部屋からは、淀君たちが声を低めると、さすがに聞き取れない。従者の佐助にも酒肴を供するために、侍女たちが近く控えている。

——殿は、おれが必要になれば、呼ぶだろう。

幸村が、心を集中して思えば、佐助に届く。二人にはその手段がある。

——しかし、おれをお連れになったのは、淀君さまを読め、ということじゃなかったのかな。

しかし、ここでじたばたすることもない。

佐助は、まだ淀君に会ったことがない。

淀君と幸村の対話が、また聞きとりにくくなった。

佐助は、昨夜の根津甚八たちの話を思い出している。


〈淀君を斬ろう〉

と、甚八は言った。

〈おれたちなりに、調べた。秀頼公には戦う意思がある。それも強くあるんだ。あの人は臆病者なんかじゃない。――ただ、おふくろ様には逆らえないんだ〉

その観察について、ひとしきり意見が交わされた。

〈大野修理はどうなんだ、かりにも執権の〉

とそのとき、清治、いまは三好清海入道が聞いた。

情報通の由利鎌之助が、

〈修理は、淀君さまと出来てる〉

噂だろう、と、皆に一蹴されかけると、

〈噂ってやつ、馬鹿にしねえがいい。七分は根拠がある。だって、この場合、この噂で誰に損得がある？　誰かの命とりになるか？　……ただ、面白えだけじゃねえか〉

そう言われてみると、似合いの気もするな、とがやがや。

根津甚八が、一刀両断ふうに言った。

〈だからさ、つまりはあの姥桜なんだ、この城を握ってるのは〉

〈たしかに、色っぺえよな、まだ〉と、海野六郎。

など、がやがや。

穴山小助が、憤然として、

〈し、しかし、殿が淀君さまに惚れてるなんて噂は、おれは、絶対に〉

筧十蔵が、

〈いいじゃねえか、惚れたって〉

〈そうだな、そういう幸村さんのほうが、好きだな、おれは〉

と海野六郎が同感したりして、またがやがや。

〈おい、聞けよ、聞けったら〉と、甚八。

〈聞いたげようよ〉と、坊主頭の黄色い声は、おゆみ、いま三好伊三入道。

〈おう、とにかく聞こうぜ〉と大きな声は清海。

〈そもそも、おれたちは、いったい〉と、甚八が声を張り上げかけると、

〈しっ……〉

望月六郎が、小屋の戸口で、見張りをつとめていた。やがて、大丈夫だ、というように頷く。

甚八が声を落として、

〈おれたちは、いったい……なんのためにここにいるんだ?〉

みな、顔を見合わせたが、しかし、それは分かりきっていた。

幸村と長い時間をかけて繋がりを持ち続け育ててきた連中と、それを核とする仲間たちには、明瞭だった。

ここには、とにもかくにも、金や名誉や、そんなことで動くものはなかった。それが、佐助にはよく見えている。

2

山里曲輪の淀君の室。雪が強くなった。

「あの人は、たいした人だったと思うのよ」

と、淀君さまが、すこしく酩酊の気味で、言う。

「はあ、どなたのことを」

「殿下よ、太閤さま……猿によく似たお爺さん」

「いいんですか、そんなこと言って、茶々さま」

幸村は持て余し気味である。

「いいのよ、私が言うのだもの、ほかの誰でもなく」

「そうなんですか。……じゃ、聞いていいかな」

「なあに」

幸村は、すぱりと、

「秀頼公のお父君は、どなたです?」

淀君は、顔色も動かさない。

「なぜ……知りたいの」

幸村は困った顔になった。

「そうですな。……お茶々さまのことを、知りたいから。……どうですか、このお答えでは」

「そう。……ふうん」

手酌で行きかけるのを、幸村が酌《つ》いでやる。

「で？　……茶々さまのお答えは」

「太閤さまよ、きまってるじゃない」

「それは、そうですね。……愚かなことをお聞きしました」

淀君は火照った頬を雪にさらしたいのか、庭へ向かって廊下へ足を一歩。

すると、ざわりと気配が動いて、彼女を警護している女たちの姿がちらと見え、すぐに消える。たしなめるように制したのはお紀伊のようだ。

幸村は、なにも気づかないかのように、雪見酒。

淀君が部屋へ戻る。障子は姿を見せない侍女たちの手で閉まる。

「太閤さまはね」

と、淀君が幸村に、寄り添うような近さで、話し続ける。

「ほんとうに、私を愛《いと》しいと思ってくれたの。……わたしを愛しがり、慈しんでくれた。……私の生んだ子が、あの人の子でないわけがあって？」

「そうですね」と幸村。「その通りだと思います、私も」

「そりゃ、はじめはね」と、淀君が囁く。「こんなお爺さんに、なんて思ったわ」

ふふふ、と淀君は笑う。

「でも、猿みたいな人に抱かれるの、初めてじゃなかったし」

そのとき、思わず幸村は、胸のうちで佐助に強く思念を送った。

――佐助、聞こえているか？

ややあって、胸に直接佐助の思念が届いた。

――殿の、このお声は聞こえます。お二人のやりとりは、なにぶん距離が……なにか、あったのですか？

――いや、気にしないでくれ。

「なに、ぼうっとしてらっしゃるの、源二郎さん」

時の鐘が聞こえる。そろそろ潮時、と幸村は思う。

その思いがそのまま聞こえたように、お紀伊が姿を見せた。

「御方さま」

淀君はお紀伊の言葉には、素直に頷く。

立ちかかった幸村が、忘れていたことを思い出したように、

「あの、もう一つ」

「なに」

「和議の交渉が進められているのですね、極秘のうちに」

淀君はちらとお紀伊を見て、苦笑をうかべる。

「ほんとに、あなたには何も隠せないのね、この子（紀伊）の言うとおり」

淀君は手をついているお紀伊のことを、幸村に、

「この子……私のむすめ、よろしく」

実の、か、養女あるいは娘分ということか、判じかねた。

お紀伊は、頭を垂れ、目を伏せたままだ。

「それで、もう無いわね、ご質問」

幸村が微笑みを絶やさぬままに、

「ますますわからなくなりました……今宵、私をお召しになった理由が」

淀君は、ちらと苛つく顔を見せた。

「いったじゃない……味方がほしいのよ、私……どんな場合にでも」

「どんな場合……」

「どんな未来にでも……」

「むずかしいご注文ですね」

「そう？　……あなた、私の行くところへ、いっしょに行くの。星の彼方にだって。簡単でしょ？」

それが得意技らしい無邪気そうな笑顔をうかべる。

お紀伊が、何か言いたそうな身動きをした。

「お茶々さま」と、幸村。「私は不器用で、融通のきかない男なんです」

淀君はその先を待つ姿勢だ。

幸村は続ける。

「人の心は変わります」

「そうね」と、淀君の相槌。「みなさん、そう」

「私は、変わり者なんです、変われない、という変わり者」

淀君は、鉈で薪を割るように言う。

「あなた、それ……不精なだけなのじゃなくて」

「ああ！　……それが一番あたっているかもしれません」

お紀伊が割って入った。

「御方さま、そろそろ、刻限かと」

淀君は、素直に立つ。

「紀伊、左衛門佐どのに、あれを」

お紀伊が、南蛮風の、毛皮のついた陣羽織を、幸村の前に。

淀君が、平伏している幸村に、

「これは、お土産、私の気持ともども、受け取って下さい」

「ありがたく……」

「真田幸村どの」

「はい」

淀君は例の微笑を浮かべている。

「それで、いまも……好きなのよね、お茶々のことを……源二郎さま」

裲襠《うちかけ》の裾を大きく捌いて奥の室へ去った。

幸村は平伏して見送る。


「佐助」と、本丸を離れてから、広い三の丸の塀に沿って幸村は歩いている。

雪はとっくに止んだが、寒気がきびしく、人影はない。

「はい」

塀の壁の暗がりから、滲むように佐助が現れる。

「ときどきお前は、そういう現れかたをするな、ちかごろ。……どこへ行っていた」

「お側近くいられなかったのは、すみません。……あのもう一つ奥の部屋に、修理がいましたよ、大野修理治長……あれは怖い。必要とあらば平気で殿も殺します」

「そうかい。……どうやら、情勢は日々に変わりそうだな」

「しかし、おん大将の戦意は、固いようで。……今宵も、部屋にひとり籠もられて、父君様の——太閤殿下の御画像を、じっと見入っておられました」

「ほう。太閤さんの画像を」

「あ、殿。なにか違うことを思っておられますね？」

「佐助、頼む、いまは俺を読まないでくれ。なに、わずかの間でいい、どうせいずれ話すつもりだ……」

佐助は頷く。幸村を疑う習慣がない。いつのまにか、なくなってしまった。

幸村は、別のことを話す。心を読まれないためなら鰯の頭でもいいわけだが、

「隠形の術、というやつ……呼吸が基本だと言ったな」

「ええ」

佐助は、幸村のこの問いも本気だと知っている。

「木でも、土の窪みでも、草でも花でも……それとともに呼吸することができれば」

「ああ、おれには無理だが」

幸村はすこし悲しそうだ。

「誰にでも出来る筈です。人間は、昔、天然に自然とともに呼吸していた……私の修行仲間たちが、しばしば常人より遠くを視、聞き、感じることができるのは、昔、人間が誰でも持っていた能力の名残でしょうか」

「なるほど」

と、幸村は頷いたが、彼には新しく聞きたいことがあるようだった。

「話しかけていたことだが……お前の姿が、ときどき周囲と滲んで見えることがある」

「お気づきでしたか」

「そばにいると思っていたものが、はっと目を見開くと、お前の姿がない。もう一度瞬《また》きすると、ちゃんとお前はニヤニヤしながら、いる」

佐助は苦笑する。

「ニヤニヤしていたつもりはないのですが、殿がそうお感じになられたのなら、私の修行、というか、集中する力の不足です……殿、お寒くありませんか」

「淀君さまに頂いた毛皮裏つきの南蛮羽織、優秀だよ。お前は」

「私は、信濃の戸隠で……そうですね、場所を変えましょう。私と同じかそれ以上の力をもった者が、いると考えなくてはならないし」

「関東方の手のものに、か」

「に、限りませんが……とにかく、真田丸へ」

ここは真田丸の櫓。幸村と佐助には、ここが安心できる場所のようだ。

また雪が降りだしている。

「内心同士の会話もいいのですが……殿もだいぶ熟達されて来たし」

「そうか、上達したか」

幸村は嬉しそうだ。

「でも、話しやすいほうがいいでしょう。こういう話題は」

「隠形の術、だったな」

「ええ。……ご存じですね、《かまいたち》ということを」

「鎌鼬《かまいたち》。ふいに、鋭い刃で斬られたような疵をうける、あれだろう。どこの国でも、自分の国の七不思議と……山国に多いようだな、越前とか、信濃」

「鎌鼬という動物に襲われる、というのは根拠も証拠もありません。私どもの浅い知識では、大気に、何かの理由でふいに裂け目ができる、と」

幸村は勘のいい男である。

「大気の裂け目……そうか、それがお前の時折にじんで見えることと関わりが」

「いそいで答えを出さないでください……私にとっても、ごく最近のことなので」

「ふむ、しかしそれは優れた隠形の術ということになるな」

「殿」

佐助が怖い顔になっている。

「なんだ、おい、おどかすな」

「申し上げたはずです。人には自然を操ることはできない、と」

「うむ。同時に、それを敢えてすることが人というものの歴史でもあるんじゃないか、と、聞きながらおれは考えたがね。いや、半畳を入れて済まない、続けてくれ」

「わからないのです。自然はときに、かまいたちのように鋭い切り口を見せてくれます。それについて、修験道の老僧に聞いたことがあります……次元、ということをご存じですか、殿は」

幸村は首を振る。

佐助は、櫓の横木の上に積もりだした雪に、指で点を描く。

「点を横に引けば線ですね。これを一次元。平面や曲面を二次元。この世界にだけ生きている小さな虫のような生き物があるとすれば、彼らには我々の姿は見えません」

佐助は庇の雪を手で払った。

「ここしか彼らは感じない、見えず、感じないものは、彼らには存在しない。ないのと同じです」

幸村は理解したようだ。

「すると、われわれをその小さな虫のような生き物とすれば」

「三次元、というようですね、私どもの世界は」

「おれたちには、もっと上の、というのは変か。別の次元のことは、感得できない」

「ええ……かまいたちの正体が見えないように」

幸村は、あらためて、佐助の顔をしげしげと見る。

「なんですか、いやだな。おれ、化け物じゃないですよ」

「つまり……お前はときどき、次元と次元の狭間《はざま》に、すべりこむのか」

「そんな気がするだけです」

佐助は、この話に入ったことを少し後悔していた。ほんとうに、自分にもまだわからないのだ。ただ、そう思いを集中すると、出来るような気がすることがある。

――ああ、いまおれの姿は、ぼやけて不明瞭に見えているのじゃないかな、と。

幸村は、降る雪を見つめながら、言う。

「佐助。……明日から調練を始めてくれないか、真田丸の連中に」

「え、調練を」

「なに、初歩でいいのだ。基本の基本だ、呼吸だ……呼吸の鍛練。気息をどれほどか操れれば、それでいい」

佐助は驚いた。

「殿、それで、いったいなにを」

「わからん、まだ決めていない、というほうがいいかな」

佐助は驚くと同時に感心している。幸村の心は、あけっぴろげだから、読みにくい。むろん、あちこちと飛び回る彼の思念を追いかけることが出来なくはないが……

幸村が続けて言う。

「無駄かもしれん。多分無駄だ。何もならんだろう」

——勘、か。勘は、読みにくい。ことに幸村のような人の場合。

幸村が佐助を見て、ふわりと微笑む。

「……でも、試みてくれるか」

佐助は、頷いた。

——ともかくも、気息を抑え、静める稽古から始めて見よう、明日から。

3

家康の作戦は図に当たった。

この時代の大筒（大砲）の命中度が低いことは知られていて、家康も、

〈脅しでよいのだ……城方は、われらがわざと的を外している、と思うかもしれん……なに、どこかには当たるだろう〉

放物線を描いて飛来する砲丸は、大坂城の天守閣に届くのがやっとだ。だから、当たったら、まぐれとしかいいようがない。

ところが、砲弾が天守の二層目に落ちた。

ちょうど、淀君が侍女たちを連れて、登っていたときだ。砲弾は炸裂して、侍女の数名を傷つけ、直撃された二名は、五体四散した。

淀君は、女ながら小具足をつけた凛々しい姿で天守に登っていた。それまでも大きな砲声には内心慄然としたが、

――自分は織田信長の姪、浅井長政の娘。

との誇りが、彼女を取り乱させなかった。

しかし、このとき、彼女の袖と襟に、飛んできてべたりと付着したものがある。

それが、目をかけていた侍女の肉片だと知って、彼女は悲鳴をあげた。

生まれて二度、小谷城と北の庄城と、わが住む城が落城する悲運に出会った。負傷者や死者たちの横たわる中を落ちて来たし、晒《さら》された沢山の首も見て来た。

幼かったから、ということもできる。淀君は、自分は合戦の酷《むご》さを知っている、と思い込んでいた。

このとき、自分の袖や襟に付着した侍女の肉片に、彼女は絶叫した。

はじめて体の奥底からわき上がる恐怖にとらえられて、彼女は悲鳴を上げ続けた。

関東勢が、佐渡の鉱山からその道の専門坑夫を呼び寄せて、城外から直接本丸の真下へ向けて穴を掘らせている、という噂も伝わった。

「いまごろ和議などと。それなら初めから戦など始めなければよかったのです」

と、秀頼は相手になろうとしなかった。

「いいえ、家康どのとて人の子、人の親。秀忠どのは太閤さまから秀の字を賜ったかた、私の妹の夫、その間に生まれた千姫があなたの御台（妻）」

「そのような繋がりが何だというのですか、母上」

秀頼はやや気色ばんだようだった。

が、人が変わったように愚かな泣訴を続ける母親には、しょせん、勝てなかった。

城内の重臣や武将たちも、

〈大御所は、高齢じゃ、そう長くは持つまいて〉

〈このさい、多少のことは譲っても、いずれ天下は人心の赴くところ、おのずと若い秀頼公に〉

などなどの意見が結局大勢を占めた。

そこへ和議の条件として、

「一、秀頼の身の上を保証し、本領を安堵する」

「一、城中の将兵、おかまいなし」

極めて寛大な案が徳川方から提示され、和議は纏まった。

〈生き過ぎたりや、二十五〉の甚八たちをはじめ、戦いの場を求めて来た連中が、納得する筈はない。真田丸に軍監として来ている伊木七郎右衛門も、

「よろしいのですか、これで、真田どの」

と、食ってかかる。

幸村は、平然として、

「すこし、命が先へ伸びたようですな……が、伸びた、というだけのこと」

「ふむ、なるほど、いかにも」

伊木は幸村のいうことなら、わからなくても納得してしまう。

そこで、佐助の指導する呼吸の調練にも、いい年で、熱を入れている。

「口鼻でなく、胸でなく、背筋に息を通すのですな。ふーう……」

「はい、背筋は気息を司る器官ではありませんが、そのつもりになればいいのです、〈つもり〉を侮っちゃいけません。きっと役に立ちます」と、佐助。

清海たちが号令をかけて、真田丸の中では鍛練に身を入れている。

槍を突いたり刀を振ったりする稽古より、とりあえず物珍しいし、武士も雑兵たちも一緒に並んで息を吸っては吐く。

佐助にとっても、教えてみれば面白く、そのため外で何が進行しているのか、情報にやや疎かった、とは言える。


一方、和議に対する不満は関東勢の中でも燻《くすぶ》るのが当然で、その筆頭が将軍秀忠だった。

秀忠は名目上、寄手の総大将である。が、戦略戦術は父の家康が取り仕切っていて、口出しもままならない。大将としての実感がない。

真田丸の攻防では、加賀の前田勢が走り過ぎたのが敗因の一つだが、その前田勢の先手の将は本多政重で、徳川家からお目付格で前田家の重臣となった人物である。上田城攻めの敗北の借りを返すどころでない。悔しくて、夜も眠れない。

さりとて、父の厳命を無視して、合戦をしかけることが出来ようはずもない。

——真田幸村め。

憎しみの対象は、そこへ向かう。

ともかくも大御所の意思で、和議は結ばれてしまった。

なんとか、知恵を働かして、一泡吹かせる法はないか。吠え面かかせる手段は。

家康の股肱の長老、本多正信が秀忠の傍《そば》についている。

「真田めを、ひそかに仕留める手だてはないかな」

正信はもう体は思うようには動かないが、頭はまわる。

「仕留めたのがわれらの手の者、とわかるような真似は、このさいいっさい慎まねばなり申さぬ」

「うむ、いかにも」

すると、徳川と縁の深い甲賀・伊賀の者たちを使うのは適当でないことになる。

「御所さま（秀忠）との縁が明らかでなく、たとえ仕留め損のうても、万一にもわれらが責めを負う気遣いのいらぬ……さよう、戯れ事や冗談ですませられるような」

「ふむ、ふむ」

秀忠は真剣に頷いている。

「して、この爺に、大御所さまのお怒りが、ゆめ及ぶことなきような……」

「爺、われらから見れば、真田など、獅子の前の小鼠にすぎぬ。ふいに消えたとて、誰が怪しむ？」

「そのような消し方を、と……うむ」

なにやら思い当たったか、本多正信は膝を打った。

「む、思いついたか?」

「ただし、これはあくまで冗談、戯れごとでござるぞ。よろしうござるか?」

「何でもよい、わしは知らぬ、存ぜぬ」

「御意」

4

笛が鳴り渡る。

大坂城本丸の庭に、能舞台が設えられており、かつて太閤も猿楽を愛したし、武将たちにもなかば強制的に謡わせ舞わせたことはよく知られている。淀君もむろん見るのは好きだ。

今日は和議が成って平和が戻った祝いとあって、曲輪の内外を問わず、広く庶民に開放している。

ちなみに、本丸もその外側の二の丸も、深い堀と高い石塀で囲われている。そのさらに外が三の丸で、その総曲輪を守る堀と塀は、今度の和議の附帯条件として、寄手の側で埋め、破壊する約束になっていた。

その工事の物音が昨日まではうるさく響いていたが、今日は祝いで淀君さま秀頼公も出御されると噂が流れていて、工事の音はない。そのかわり本丸の庭からあふれんばかりの人出だ。樹木や塀の上にも見物人が鈴なり。

舞台の櫓を巻くようにして「天下一」の旗や幟。

〈出雲阿《お》くに　かぶき踊り〉との張り紙・触れ書も見える。

「ほう、おくにどのが見えられたのか」

と、のんびり平服の、隠居爺に近い姿の幸村が、人込みの中を佐助と行く。

「殿、ちがいますよ、あの板看板に、小さく〈二代目〉とあります」

「なるほど、それはますます楽しみだ。あのおくにどのなら、わしを訪ねて来ないはずがないしな……出し物のことは知っているのか」

「それが、外堀を埋めるというので、総曲輪の外の真田丸は真先に壊されてしまいましたから、調練の場所を移すほかなく」

それやこれやで、佐助はこの日の事件、というより茶番に終わった騒ぎについては、あらかじめ知ることがなかった。

二人はあちこちと場所を変えながら、例の内心の通話で話す。

〈やあ、眉目《みめ》よき女子ばかりではないか、なかなか。これは何という踊りかな〉

〈やはり念仏踊りでしょう、囃しことばに念仏が入っていますよ〉

それにしても、跳んだり跳ねたり、尻をふったり、見物衆も大喜びだ。

佐助のみたところ、以前のおくにの一座にいたものの姿はない。おくにの踊りは〈ややこおどり〉から出たというが、先祖返りではあるまいに、子供のように若い踊り子たちがほとんどのようだ。芸はともかく、若さと見てくれの良さを優先したものだろう。

〈さて、ほんとうに淀君さまが出御あそばされているのかな〉

本舞台の、見物から見て左側奥目に、橋懸り（花道）があって、その向こうに御簾の下りた席がある。

〈ああ、あそこにおられるのだな。こうした席に派手好きなお茶々さまが出られないわけはないからな〉

秀頼公は、と佐助は目を凝らしたが、御簾の向こうの人数も確認できない。

〈わしが小耳に挟んだところでは、この一座は、関東方からの祝いの贈り物らしい〉

〈へへえ、関東の〉

〈おくにどのは以前、浜松城で家康公も見知っていると言ってたな。しかしあの女は……〉

にぎやかで華やかな仕立ての念仏踊りに、座長とおぼしき中年の女が登場した。さすがに周囲とはちがう技芸と雰囲気があって、見物衆はざわざわとどよめく。

〈おすみですよ〉と、佐助。

〈ほう、そうか。おくにどのに帰参がかなったか、それとも……〉

〈勝手に二代目を称しているのでしょう。おくにさまの姿がしばらく京、大坂に見えないのをいいことに〉

〈出会ったらあやまればいいし、それまで《おくに》の名で稼げれば得、か〉

佐助にしてみれば、あわや殺されかけているから、複雑である。

〈そうか、あれも浜松で弟子入りして来たとか、言っていたな〉

しかし、おすみが腕を上げていることは事実のようだ。大勢の踊り子たちが、彼女の指先や目配せの通りに、自在に弧を描き、渦を巻き、跳ねる。

〈佐助、この通話は、われら二人以外には通じないのだな〉

〈私よりすぐれた能力のものが、それも近くにいれば、聞かれます。いまのところ、その気配はありません〉

幸村は、急に話したいことが出来たようだった。

〈太閤秀吉という人、なかなかだと思う、ということは前に言ったな……その政《まつ》り事《ごと》の全てについては、さておいてだ〉

佐助は、素直には相槌を打たない。

〈天下人について、その政り事をさておいて話すのは、如何なものでしょうか〉

〈お前らしい正当な意見だな。わしは若い頃あの人の猿楽の、稽古相手にされて来た

から、この囃子鳴り物で、ふと思うのかもしれんが……秀頼公が彼の種でないことは、ほぼ確かだ、と思うよ〉

〈殿、そんな話を、こんな所で〉

〈だから念を押したじゃないか、人に聞かれないな、と……あの人は、淀君さまに、たぶんこう言ったんだ。おれはお前をこよなくいとしいと思っている。だから子を生め、お茶々。いとしいお前の生んだ子が、私の子だ〉

さすがに、佐助は答えがみつからない。

〈そのころ、おれは小姓のようなものだったと言ったろう？　……お茶々さまは二十三歳で側室入りして、鶴松君を懐妊した。太閤さんは、自分に子種がないと思っていたから、仰天し、喜んだ。……お茶々さまは、不義を働いたとして成敗されると思ったかもしれないな、はじめは。……しかし彼は言ったんだ。お前の子は、おれの子だ〉

舞台は、猿若という仮面の道化役に、若い娘たちが絡んで、軽業に近い芸を見せて、見物を沸かせている。おすみは衣装替えがあるのか、引っ込んでいる。

御簾の向こうにざわざわ動きがあった。淀君がいま出御したものらしい。

幸村は佐助に内心の声を送りつづける。

〈あの人は、生まれが卑しいことを恥じていたわけじゃない。周囲の小賢しい学者どもが、幼名日吉丸からこじつけていろいろ系図などでっち上げていたが、本人はむしろ誇りを持っていた。……タテとヨコという話をしたな。家康さんは、先祖を敬い、そして子孫へつながる血の流れを、何より大切にしてる。徹底したタテ趣味だな〉

タテ趣味、などという言葉は幸村の発明だろう。

――おれには、たどるべき先祖がないしな、と佐助は思う。その思いはこの場合、幸村にも届く。

〈太閤さんには、先祖がない。あの人にはヨコの繋がりしかない。それを大事にして攀じ登って、とうとう天下人になった。……あの人は正妻の北政所さまも大事にしていたよ。女好きだし、大勢側室を抱えてせっせと励んだが、子は出来なかった〉

〈その最初の懐妊されたお子の……父親をご存じなのですか、殿は〉

〈残念ながら、おれじゃないし、知らん。鶴松君に、太閤さんは夢中だったよ。一度捨てて拾うと丈夫に育つとかで、「お棄《す》て」と呼んで、目のなかへ入れても――という風情だったが、三歳で若死にした〉

鳴り物が変わって、笛が鋭く吹かれた。

次の演目が始まるらしい。

幸村は話しつづける。

〈自分の種でない子を心底いとしむことが出来るか……それは惚れた女でなくても抱

けるか、という問いと重なるんじゃないか？〉

〈どうでしょうか〉

佐助は懐疑的である。

〈答えは、もちろん出来るさ。抱けるさ。……男女のことには疎いのが自慢のおれが言うのもなんだが……太閤さんの本性は、ヨコの人だった。たぶんあの御簾の向こうにおられる秀頼公だって、惚れぬいた女の生んだ子だから、命より大切に思ったんだ……関白を譲った甥の秀次公が、秀頼公が生まれたんで疎んじられた、というのは楯《たて》の一面にすぎないだろう。秀次公は殺生関白と言われたな。あの人は太閤さんの姉君の子だから血が繋がっているが、それを振り回しすぎた。俺は太閤さんの血縁だと。それが我慢ならなくなったんだ、秀吉という人には〉

秀次の妻妾三十余人、四条河原で処刑されたのは、太閤が秀頼以外の後継ぎを認めまいとした非情として知られている。

〈そのことを……自分の父親について……秀頼公はご存じなのでしょうか？〉

〈太閤さんの画像とにらめっこしておられたそうだな……あの猿に似たやつを〉

〈ええ、怖いようなお顔でした〉

舞台には、小袖の上に法衣を纏った、かつてのおくにを思わせる自称二代目おくにが登場している。しかしおくにの場合より、小袖も、法衣さえ派手派手しい。

するとと橋懸り（花道）から声が響く。

「念仏の声にひかれ、罪障の里を出でたり……」

割れ鐘のような大声で、節も風情もないといったほうが近い。大兵の武将が深編笠に顔をかくして登場する。

〈ほう、名古屋山三の役は誰かな〉

〈後藤又兵衛さんですよ〉と佐助。

かつてのおくにの《かぶきおどり》のように、舞台からおすみが呼びかける。

「のうのう、それなる御方、御名を名乗りおわしませ」

大兵の武士は、緊張のせいか、台詞につまる。

「む、われは、われこそは……」

立派な武士がへどもどするのを、見物たちが喜んで笑う。

すかさず、猿若の仮面をつけた男が、すこし足を引きずりながら、声を張る。

「天下一のかぶきもの、名古屋山三役を演じて頂けまするは、まずは城内五人衆の中にその人ありと知られる、後藤又兵衛基次さま……」

歓声があがり、又兵衛も気を良くして、おくに役のおすみとの連れ舞にはいる。

かつて好評を博した《おくにかぶき》の筋立てから、亡霊の山三登場の名場面を採りて、城内の名のある武将・幹部をつぎつぎ呼び出して連れ舞させる、という祝宴らしい趣向だ、と見物たちにも分かって来て、拍手喝采。

〈ふむ、つぎは誰だろう、おお、やはり重成どのか〉

幸村が感心する。木村重成は白皙の美男、このとき二十歳で、人気は抜群。しかし経験不足は否めず、そこがまた可愛いと女たちは騒ぐ。

〈殿、こうなれば殿の出番じゃないですか。経験もおありだし〉と佐助。

〈う、そうかな、しかしおれの柄では〉

〈とぼけないで下さい。ご存じでいて、私に読まれまいと太閤さまのことに話をそらしてたんですね……こうなりゃ、見物衆は殿の舞をみなくちゃ納まりません。ほら、もう迎えが来ましたよ〉

幸村は照れながら、舞台に向かって行く。ほっとしたような重成に編笠を渡されて、背筋をしゃんと伸ばせば、さすがに風格だ。

幸村の名が告げられると、見物は先日の真田丸攻防をよく知っているから、大拍手、大歓声。

このとき、佐助に危険の予感が走った。

5

佐助は猿のように跳んだ。

見物たちの肩から肩を踏んで、舞台の屋根の、破風の庇へと飛び移る。熱狂している人々は気づかない。

音もなく舞台の揚げ幕裏に舞い下りた佐助は、猿若の仮面の男を、幕の蔭で当て落とす。やはり作蔵だった。その面を佐助が顔につけて、舞台の端に控える。誰にも気づかれていない。

舞台の進行は、名古屋山三が自分の鬼籍に入ったときの喧嘩の始終を、絡みの役者たちと立ち回りながら語るところに入ろうとしている。

この場面を又兵衛は鉄扇を振るう真似事だけで、絡みの芸人たちは逆トンボを切って退散した。木村重成も、同様、形だけの立ち回りだった。それでも見物は大喜び。

それが、幸村が山三の役を演ずる番になったとき、絡む斬られ役の芸人たちが、見物にはそれと気付かれないうちに入れ替わった。芝居らしく派手な色合いの覆面で顔を覆っているのだが、それまでの芸人とは別人の、武術に練達の男たちだ、と佐助にはわかる。

「一定《いちじょう》、浮世は夢ぞ……」

と謡いながら、幸村には隙がない。覆面たちが、右に左に、幸村の動きにつれて動く。明らかな殺気が、見物たちにも伝わりだし、異様な静けさが漂う。

長引いては面倒と見たか、声にならない気合とともに覆面の男たちが幸村に斬りかかる。天井の梁から佐助が飛び込んだ。が、その前に、清海、小助らが割って入って幸村を守る形になった。

一転した真剣な雰囲気に、ついに見物はざわめき出す。

「なんや、これは」「芝居かいな……」

その声にこたえるかのように、おすみが踊りのような振りで幸村に寄り添うが、その瞬間に、飛鳥のように飛来した影によって当て落とされ、うずくまるのをさっと舞台の裏に運ばれた。影は狂言方のような黒衣《くろご》だったが、女と見えた。

その形勢を見て、芸人に化けた覆面の男たちは、さっと引いて行く。

大方の見物には何が起きていたのか、わからない。それほど一瞬の出来事だった。

それにしても、見物衆のざわめきは静まらない。

すると、小袖に法衣、塗り笠と杖を手に、いままでのおすみと殆ど変わらない姿ながら、しかし一際立ちまさった貫禄と色気をたたえた中年の女性が登場、りんとした声で念仏を唱えだした。

その鍛えられた声に、見物の人々はたちまち惹かれた。

「おくにや……そうや、ほんまもんのおくにはんや……」

という囁きが流れ、人々は一瞬にして水を打ったように静かになった。

そのおくにが、橋懸りを見込んで、

「のうのう、それなる御方、御名を名乗りおわしませ……」

人々の目が舞台左手に向かう。橋懸りには、又兵衛や清海よりも長身の見るからに美丈夫とおぼしい深編笠の若い武士が佇んでいた。

「我をば見知りたまわずや」

憂いを帯びた声にも気品がある。

「さては、この世に亡き人の、うつつに見《まみ》え給うかや」

橋懸りの向こうの御簾の席に、明らかに動揺したらしい人の動きがあった。

深編笠の若い武士は、するすると進み本舞台に向かうと見えて、御簾の前に歩みを止めた。

「われも昔のおん身の友……忘るることのあらざれば……」

「さては昔のかぶきびと、名古屋山三どのにましますか」

若い武士はその声に応じて、編笠の紐を解き、顔を現した。

驚きの声が広がる。この席は和議の祝いとあって、徳川方からも出席があった。家康父子は姿を見せなかったが、家康の腹心、本多彌八郎正信は臨席していた。その彼が、思わず腰をあげて立ち上がった。

「おお、名古屋山三！……生きていたか、い、いや、そ、そんな……」

そんな筈はなかった。実在の名古屋山三郎は、はるか昔にこの世の人ではない。が、驚きの声は同時に、御簾の中から聞こえた。脅えを伴った声だ。

「山三どの！……」と。

いま名古屋山三の役を演じ、そして昔の山三を知る人たちにとって、彼自身と見誤られた若い長身の武士は、身を翻して御簾に手をかけ、引き裂くように外した。誰にも止めようのない雰囲気だった。

御簾の中には、震える侍女たちの中に、淀君が蒼白な顔で立ち上がっていた。美丈夫が近づくと、かすかではあったが、気丈な淀君がよろめいた。

「秀頼どの……」

「母上……そうですか、そんなに……」

名古屋山三に扮した秀頼の声は低く、そのあと、ほとんど誰にも聞き取れなかった。むろん、佐助には聞こえた。秀頼は母親に向かって、こう言った。

「そんなに、私は似ているのですか、私の父に……」

そのとき、腹に響くような地響きが始まった。

ずしーん……ずしーん……

徳川勢は知行一万石につき何人と人足数を振りあて、大名たちは競って堀埋めと城壁の破壊に昼夜兼行で励んでいたのだが、外堀と総構《そうがま》えの殆どはすでに工事を終え、平地に戻っていた。それがこのとき、再開されたのである。

なぜ和議の誓約書に、堀・石垣の破壊について明記がなかったのか。おそらく豊臣方としては、

〈総構えは、寄手の側が担当、二の丸以内は城方の責任で取り壊す〉

という口約束だけにしておいたほうが、

〈ゆるゆると時間をかけているうち、いろいろ手も打てよう。情勢の変化もあろう〉

という甘い観測だったのだろう。

しかし、徳川勢は手を緩めなかった。

「城方におかれては、一向に工事の着手なき模様。それなればお手伝い申す」

どんどん城方が担当する分まで、工事を進めてしまった。

慌てた城方の大野修理（治長）らは、関東勢のこの件に関する責任者の本多正純（正信の子）に交渉したが、相手が、

「なにぶん、御用繁多にて」

全然つかまらない。むろん家康にも秀忠にも会えない。みるみるうちに大坂城は裸か城になってしまった。

「いや、あのときは、本当におれも驚いたよ」

と、幸村が言うのは、堀・城壁破壊の件ではない。それについてはもう、

——どうやら肝心なことはみな、おれの手の届かないところで起きる……

達観しているようだ。

いま、佐助やおくにに話しているのは、あの、秀頼が《かぶきおどり》の一座が来ると知って、自分がひそかに乗り出したときのことだ。

「うちが、秀頼さまに頼まれましたのや……私も成人された秀頼さまにお会いするのは初めてやったけど……眉をきつう引いて、すこし下膨れのお顔を、蔭をつけて暗くしたら、ほんま、びっくりするほど、昔の山三はんに……」

「わかっているだろうが」幸村が、清海や小助たちに言う。「このことは他言無用」

佐助はじめ甚八や望月たちも頷く。

誰の心も、日ならずして訪れるだろう決戦のほうに、もう向いている。

終章

——それぞれの生と死。それぞれの別れ。

1

霧が濃い。

この年、七月には改元して元和となる慶長二十年（一六一五）、その五月六日。大坂城の南、藤井寺付近。

真田隊は深い霧に取り籠められて、動きがとれない。早く先行の後藤又兵衛隊に合流しなければならないのだが、突然の濃霧だ。

「佐助、なんとかならんか」

幸村も焦っているが、濃い霧は視界を奪うだけでなく、音も吸い取ってしまうかのようで、遠く合戦の響きが聞こえてくるが、その方角さえはっきりしない。

「風、風がすこしでも動けば……」

佐助は幸村との会話を、二人だけの内心の通話に切り換えた。

〈風が動けば、どんな濃霧でも隙間が出来ます。それを待つほかには……〉

〈だからといって、ここにこうしていることができるか……あ、あれは〉

後藤隊が徳川勢と死闘を展開している気配が、ふいに近く聞こえ、また遠くなる。

〈殿、敵の伏兵がすぐ鼻の先にいるかもしれません……私が、目や耳でない方法で、探り探り進みます。ついて来て下さい〉

〈む、たのむ……〉

佐助は、注意深く気を放射しながら、それが樹木、草、石、土などの物体に反射して返る具合で見当をつけて、進む。全隊がそれに続くのだが、虫が這うような速度だ。

この四月半ばに、すでに和議は破れていた。家康はつぎつぎ難題を持ち出した。秀頼の国替え、城内全浪人の追放等々、すべて、是が非でも豊臣家を滅ぼす固い決意と見えた。

「これ以上は譲れぬ、戦って滅びよう」

と、秀頼がもっとも強硬だった。

かつて、太閤秀吉は家康を含む武将たちの前で、

〈この城は簡単には落ちぬ〉と豪語したことがある。ただし、付け加えた。〈堀と石

垣を壊し、裸か城にしてしまえば、べつだがな〉

と言って、笑った。

幸村も、その場にいた。家康はだから万事承知で、いわば口先の交渉によって、ここまで持ち込んで来た。

天下の名城も、帯ひも外して裸になってしまえば、ただの城。

幸村は、遠く宇治・瀬田までも出撃して、敵の出端を挫かねば、と提案したが、冬の陣のときと同様、容れられなかった。

それに、総指揮者がいない。それぞれの部隊の主張を、執権の大野修理治長が纏めきれない。織田有楽斎らはすでに城を抜けて東軍に走った。

幸村は今日も後藤又兵衛には、

〈後詰の我等が到着するまでは、戦端を開かぬように〉

と約束してあったのだが、結果として、又兵衛は後詰の隊の到着を待ちきれなかったようだ。幸村も一刻も早く追いつきたい。

が、この霧だ。

佐助だけに聞こえる声が響いた。お紀伊の声だ。

〈ひどい戦いになってる……又兵衛さんも馬を捨てて戦ってるけど、もう危ない

〈……〉

〈お紀伊、お前にはいつも霧がつきまとってる……おれより能力のすぐれているお前に、なんとかならないのか？　吹き飛ばす風を起こせないか？〉

〈無理よ、私は霧と相性がいいだけ、向こうがついてくるんだ。知ってるでしょう、人間には、自然は操れない。利用することなら、すこし……〉

〈それだ、霧のなかには風が含まれてると、戸隠の山で覚えた。……すこしでも動かせないか？〉

〈やってみる〉

霧の壁に、まばたく間ほど薄い層が出来る。その間を狙って佐助は、跳んだ。ほとんど勘を頼りに走った。

しかし、かろうじて見たものは、後藤又兵衛が力尽きて倒れる姿だった。

道明寺村の小松山と呼ばれる丘だ。

〈合戦なんて、なに？　……人がばたばた、むごたらしく死ぬだけ……〉

そばにお紀伊が立っている。

佐助は、大野修理に会ったときのことを思いだしている。

2

お紀伊は、条件抜きで降伏しても多くの命を救うべきだという。そしてそれを強行できるのは、大野修理治長しかない、と。

大野修理は、お紀伊に連れられて来た佐助に、率直に話してくれた。

もっとも、佐助が心を読む力をもっていることを、お紀伊から聞いているからかもしれない。

「私は、徳川さんが早く天下を統一したほうがいい、と思ってるんだよ」

といって、佐助を驚かせた。

「それは、徳川一人勝ちのほうが、合戦のない世が来る、と?」

「そんなわけでもない。人の争いが絶えぬ以上、かならず大きい小さいの差はあれ、合戦は起きる……」

「でも、人が死ぬわ、おおぜい」

と、お紀伊が修理には遠慮のない口の利き方をする。

修理は苦笑を浮かべた。

「そんなにたいしたことなのかな、人が死ぬなんて」

その修理をお紀伊は睨み付けるようにして、

「私は人を殺したくない、死なせたくないの……いとしいと思っているから、人を、人たちを」

修理はちらと佐助を見やった。

「では、いとしいものだけを、死なせなければいい。……人間なんて、たいがいは間抜けな、気のきかない、臭いばかりのゴミのようなものでね。塵や芥から生まれて、塵芥に帰る……キリシタンでもそんなことをいうらしいじゃないか」

佐助は修理を見つめた。

「そうかもしれません。私もそんなような人間ですから。……ですが、執権どののお話は、すぐれた人間だけが生きる値打ちがあると、仰っているようにきこえます」

「ああ、そう仰っているよ。……おれには、佐助どのもすぐれたものの一人だと思えるがね」

佐助は首を振った。

「私は、何もないものの仲間です。多少の能力や技術を私が持っているにしたところで、それはそれだけのこと」

修理は吐息のようなものをもらす。

「やれやれ。……時、ということを考えたことがあるかね」

「時、ですか」

修理がいうのは時間のことらしい。

「時はいつも動いている。進むだけで、もとには帰らない……その歩みを止めようとしても無駄なことだ。……人の心の中には、より強いものに従いたいという欲望がある。命令されるとおりに生きたい。そのほうが楽だ、とね」

修理と佐助たちは天守の櫓で話していた。

修理は、なお城内に三万はいると見える将兵たちの群れを見下ろし、そしてその先に、どれほどいるか雲か霞のようで量りようのない敵勢を眺めた。

「家康公はね、かつて彼の暗殺を企てる一味に属していた私を、許しただけでなく、いっとき側近く使ってくれた。……だから、家康公を褒めるんじゃない。豊臣家には、俺は淀君さまの乳母の伜だから、幼いときから秀頼公にも馴染んで育った。……行きがかり上、というか、成り行きというか。……人間の一生なんて、大体はそんなものさ。ちがうかね」

そして、あらためて佐助とお紀伊を見る。

「家康さんの作った幕府はね、この戦が終わったら、種々の《法度《はっと》》を出すつもりのようだ。武家諸法度・公家諸法度……寺院諸法度・諸士諸法度……あと何だったかな……法や掟によって、上からしっかり縛りつける国づくりが、あの爺さんの理想なんだ」

ふと無礼を働きたいような気持ちに誘われて、佐助は言った。

「おれは嫌です、御免だな、縛られて生きるのは」

修理は笑う。

「縛られていると見えない紐でだったら、どうだ？　……縛られたくて縛られるのさ、人間というやつ、おおむね……おれには、そう見える」

そして、佐助に言う。

「どうかね、おれと幸村さんはよく似ているんじゃないか？」

佐助は答えた。

「お二人は、まるで同じことを話しているようでいて、実は正反対……そんなふうに見えます」

使い番の武士が軍評定の時刻だと告げに来た。

「やれやれ、また評定、評定……」

修理はそれでも急ぎ足に天守を下りて行く。

3

そして昨夜。

焚き火を中に、幸村と昔ながらの面々が集まっていた。

幸村が呟くように言う。

「人間五十年……」

「下天のうちを比ぶれば、ですか」と小助。

幸若舞の舞曲「敦盛」である。

「夢まぼろしのごとくなり」と、年長組の筧十蔵や望月六郎が続ける。

「一たび生をうけ、滅せぬもののあるべきか」

と、おゆみ、いや伊三入道の澄んだ声に、何人かが和した。

「あす、信長さんの桶狭間のような具合に行くといいんですがね、へっへ」

根津や海野六郎が笑う。

幸村も笑って、

「そうじゃない。ただおれは四十九歳なのでな。人間終わりに近づくと、枯れてくるもんだと思っていたが……」

「それが、枯れない、と?」

と冷やかすようなのは、由利鎌之助。

「うむ。騙されたような気分だよ。……たとえば匂い立つ若木の新芽のような、もう綻びかけていて、今ふっと開こうとする花のような……」

「そんなお若い気分だと?」

「すげえ」と、口々に。

清海が乗り出して、

「そんなに魅力があったんですか、若い頃の、あの姥桜《うばざくら》」

淀君のことをさしている。

「なにを言っとるんだ、そんなことじゃない」と幸村。

「違うだろう、失礼だな」と小助。清海はきかずに佐助に振る。

「おい佐助、殿の今の本心、読んでくれ」

「馬鹿だなあ」と佐助は苦笑する。「おれは殿のそういう心の揺れは、読まない」

「いや……どうも、かたじけない」

幸村がぴょこりと頭を下げたので、一同が爆笑する。

一座が楽しそうなので、他の将兵も近づきたがるのを、伊木七郎右衛門が制して、

「これ、あちらは、多年の、いわば御身内で」

「いいんですよ、そんなこと、伊木さん」と幸村。

「左様か、なれば、身共も」

と伊木も焚き火の輪に加わりながら、

「昨年の真田丸いらい、感心いたしておるのですが……真田どのの、こうして人を惹きつけ慕わるる魅力というか……その秘密は奈辺にあるのでござろうか？」

幸村はにこにこと言う。

「私には、そんな人を惹く魅力なんてものの持ち合わせは、ありませんよ」

伊木は謙遜と受け取ったらしい。

「そうか、これはご本人からはお話しにくかろう。……最も長くお側にいると聞いている穴山どのは、どう思われる？」

「いや、そんな……」小助は頭をかきながら、それでも真面目に答えをさがす。「そうですね、申し上げられるのは……殿は、格別のお人ではありません」

それに、清海や伊佐などは、頷いている。

「いやいや、そんなはずは」伊木は諦めない。小助は続ける。

「それこそ、長い間にようやく分かって来たことですが……おそらく」

「ふむ、推量するに？」

「人が人を惹きつけるのは……人だから、なんです」

「なんと、禅問答のような」

年長組から、筧十蔵が付け加える。

「それが人というものの、本性なのでしょう。真田幸村という人は、拙者のような未熟者にも、これまで見て来たなかで、もっとも人らしい人。されば、人が惹くものは人、惹かれるも、また人」

「男と女、またしかり」と由利が清海たちを指して、伊三入道に叩かれる。

「もっとわからねえや」と、ふてたような甚八。

「言っていいかな、おれ」

と、海野六郎が手をあげて、喋り出した。

「おれの六郎という名前だけど……おれは山から山と放浪する木地師の出でね。いい細工物を作るには、腕とか修業の年月とかが問題じゃない。なによりも、いい木を見つけることなんだ」

「ふむ」と清海。「木らしい木を見つける目がある、と言いてえらしいな、六」

「そうさ、殿は俺の目にかなった木らしい木、じゃねえや、人だ、あはは」

「おれみてえなはぐれ者にゃ」と甚八。「なんだかやっぱり、さっぱりだ。で、あんたの名前がなんだって?」

佐助が注釈する。

「木地師の商売道具は轆轤《ろくろ》だろう」

納得して笑うものなど、がやがや。

伊木はなお食い下がる。

「ここはやはり、真田どのご自身のお言葉を」

幸村は、増えて来た兵たちの輪にむかって言う。

「明日の合戦だが……来たいやつは来ればいい、去りたかったら去ればいい……それだけだ」

人々がしんとなった。

伊木が、「し、しかし、それだけでは合戦は」

「ええ、命がかかっています。しかし、それが自分のやりたいことなら、しかたがない。自分で選んだことなら。……人間、誰しも自分の道を自分で選べるものじゃない。おおかたは流れに流された成り行きです。この幸村だって、ご同様だ。……ただ、出来ることなら、と私は思うんです、許されるなら、自分の死に方を選びたい」

焚き火を囲む人の輪が増えたが、そのぶん、逆に静かになって、幸村の言葉に聞き入っている。

「いまになって城から抜けだすのは難しいと思われるかもしれない。しかしそのお手伝いなら、私の腹心の、というか、古い仲間たちが責任をもちます。城の幹部たちに悟られないよう、うまく抜けてください。佐助が道を開きます」

すぐに動くものは、誰もなかった。

4

そしていま、道明寺村あたりの霧は、晴れはじめている。

後藤又兵衛の隊を打ち破ったのは伊達政宗勢で、片倉小十郎が指揮をとっている。その自慢の騎馬隊八百が、先頭を切って寄せて来る。その駒音の轟きが近づく。

幸村は、誉田陵の東の土手の木立ちに兵を伏せた。

「いいか、俺の声がかかるまで、けっして銃を放つな。弓も射かけるな。敵が近づけは誰でも怖い。怖いから攻撃をしかけてしまう。すれば確実に馬蹄に踏みにじられる。動かない人間に馬は戸惑う。あとは習練をいまこそ実らせるだけだ。さ、気息を静めろ——鼻や口で息をすると思うな、背骨に息を通せ……」

全隊がゆっくり呼吸する。その音がはじめは響くが、やがて静かになる。いやが上にも近づく伊達の騎馬隊の音が耳に轟く。

「気息を抑えて、背骨を通す……入れて、溜めて、ゆっくり吐く……」

佐助の指示どおりだ。やがて、数百の将兵は、木立の蔭に、屈曲した土地の窪みに、それぞれ潜んで、木と草と花とに自らを同化させようと……不器用なものは、せめて草や土の友になろうと……努めるうちに、ひっそりと静かになった。

ちぎれちぎれに流れる霧の間を、地を蹴立てて疾駆して来た伊達騎馬隊の先駆は、あっけにとられる。敵の姿がない。

鳥の声はきこえる。が、人の気配がない。

先手の斥候は、いそいで駆け戻る。

「なに？　……早くも、尻に帆かけて逃げ去ったか、われらの勢いに恐れて……」

しかし、あの真田が？　という不審は残る。

「よし、周囲に心を配りながら進め」

片倉小十郎は采配を振って前進を指令した。

伊達隊が近づき……真田の伏兵の鼻の先を通って行く。

それでも、幸村は攻撃の令を出さない。


霧の晴れ間が、すこし長く続いた。夏の日差しが、気息を抑えて動かない兵士たちに照りつける。それでも、幸村は号令をかけない。

伊達隊の馬が嘶《いなな》いた。伏している兵たちを、踏みそうになった。が、こうしたとき馬は動かない人を蹴りはしない。

「死人だ……もう皆、真田隊は倒れている……」

実に、伊達勢の半ばまでが真田隊の脇を過ぎようとしたとき、

「かかれ――っ」

幸村の指令どおり、槍隊がまず飛び出し、弓隊が身を起こして狙いを定め、実に鉄砲隊は、悠々と発射の準備にかかる。

伏せてあった真田の赤い幟が、いっせいに起こされる。足元から起きた赤い色の塊に馬は怯えて、跳ねる。

さすがに片倉小十郎は、隊列を分断させまいと声を嗄らしたが、もう遅い。伊達隊は前を行く騎馬隊とそのあとの本隊が、みごとに断ち切られたように別れてしまった。そして自慢の騎馬隊には、いまになって真田の鉄砲隊の一斉射撃の銃弾が降りかかる。徒歩の槍隊が穂先をそろえて突進する。弓隊がじっくり狙いを絞っておいた目標に射かける。そして土手の蔭から、潜んでいた真田の騎馬武者が、迷わず本隊の中枢部に、赤の旗指物を翻して襲いかかる。

片倉もなすすべがない。あっという間に、後藤隊を壊滅させた小松山の辺りまで敗走した。幸村も深追いはしない。城中からは引き揚げの指令が届いた。

小十郎には、この敗戦が、悔しいよりもはるかに、相手のあまりの鮮やかさに驚き、このの ち彼は生涯真田一族に対する憧れを持ちつづけた、という。

そして翌日。五月七日。

〈今日こそは、最後の戦い〉

と思い決めていたのは、幸村たちばかりではない。

徳川家康という人物のえらいところは、このような決戦の場に、みずから進んで臨むことだった。関東勢の誰も、大御所の目の前で恥はかけない。それぞれの家門の安全が、この戦いに懸かっている。

ことに越前宰相松平忠直は、昨日家康の命令を守って戦闘に参加しなかったが、

「昼寝でもしていたのか」

と、祖父の大御所に罵倒されたようだ。

「よし、今日は、死んでやる」

思い決めて、大坂城の南面に進み、真田勢と真っ向から対峙する形になった。

城方は、後藤又兵衛も木村重成も、塙団右衛門も、薄田隼人もみな死んでしまっている。

塙団右衛門は、加藤嘉明の陪臣だったが、後藤又兵衛の黒田家にたいすると同様、器量が大きすぎるとして失職、しかし他家への奉公は旧主に妨げられて出来ず、浪人の末に大坂城に入った。

冬の陣の和議が成ったとき、彼は根津甚八などと語らって、和議反対をとなえて徳川勢に殴り込みをかけた。大勢に影響を与えるにはいたらなかった。

夏の陣では、四月のうちに、独走して討ち死にしている。

「あのひと、おっちょこちょいだったが、いい人でした」

と、甚八や海野たちは、涙に暮れて酒を飲んでいた。

その塙団右衛門も、いない。毛利勝永・明石ジョバンニ全登・長宗我部盛親、あとは伊木七郎右衛門。

大野修理の弟たちは、堺の商人が徳川に通じたとして堺の町を焼き討ちにしてしまった。これで、また敵を増やした。お紀伊は火のように怒ったが、修理は知らん顔だ。

もと真田丸のあった地点よりさらに南に、小高い山があって茶臼山という。

幸村は夜明け前に、ここに陣を構えた。なにより、敵の動きがよく見える。

やって来た大野修理に、幸村ははっきり言った。

「ここに至って、作戦も何もありません」

「と、申されると？」

「残兵一丸となって、敵に当たろうと存ずる。それだけです」

修理はそれなりに頷いて、城へ戻って行った。最後の決戦に、徳川勢は家康が陣頭に出てくるのだから、城方は秀頼公のご出馬を、というつもりだったかもしれない。

しかし、幸村はその効果に期待していなかった。

――かえって、足手まといになる。

きっと彼は、母親をおいて行く親不孝ができないだろう、とも思った。それより、——いまは、自分の身の上。

佐助が、問い掛けてきた。

〈殿……どうされるつもりなのですか？〉

「佐助か……目標は、むこうから見えてくるときが、あるものじゃないかね」

「なんのことです。殿は、戦いはお嫌いだし、人を死なせるのはもっと嫌だと」

「ああ……そうなんだがね」

夜が明けてくると、驚いたことに、真田隊が増えていた。

後藤隊木村隊はじめ、敗北した味方の軍勢は、全員が戦死したわけではない。その生き残りの残兵たちか、いま真田隊に集まって来ているのだ。

伊木が来た。

「どうします、数が多すぎては作戦行動が不自由になる。二手、三手に分けますか」

幸村は首を振った。

「よろしいでしょう。われらに加わろうと来ているのだ。みんな真田隊だ」

「しかし、もう五千は超えています……」

「行動の自由と言ってもね、伊木さん、私はただまっすぐに、目標にむかって突進しようと思っているのです。何千人でも同じだ」

「で、その目標とは？」

夜が明け放たれて、敵陣の様子が見える。

遠目のきく佐助が叫んだ。

「殿……見えました、目標が」

「そうかい……目を放すなよ、やがておれの目にも見えてくるだろう」

前方は見渡すかぎり越前の大軍だが、それをこえた向こうの、文字通り徳川勢の中央に、葵の旗印の大集団がある。家康の旗本たちだ。

「どうだ、見えるか、馬印が」

馬印とは戦陣において、大将の所在を示すための標識だ。かつては秀吉の千成瓢箪、いまは家康の開き扇がもっとも名高い。

射して来た朝日に、扇の金箔がきらきらと光るのが見えた。

「開き扇の馬印です……家康です！」

「よし……前進だ」

幸村は大音声に叫んだ。

「目標はあの扇を開いた馬印……その下には、徳川家康がいる……」

一同にざわめきが走る。

「ただまっしぐらに家康の本陣を目指す……あそこに見えるものは、確実な死だ、冥土の入り口だ……おれはあの死に向かって走る、いっしょに行きたいやつは」

と言って、幸村は笑いながら、言葉を訂正する。

〈行きたい、は、生きたい、に聞こえるかもしれんな〉

〈そうですね、間違いは正されては？〉と佐助も内心の声で答える。

幸村は大声で笑う。

「あはは、まちがえた……すまん、言いなおすぞ！」

真田隊の中心部隊から笑いが起きて、拡がる。皆、無理をしてでも笑った。

幸村はふたたび大音声を張り上げる。

「地獄の門に向かって、いっしょに死にたいやつは、死のうっ」

一同が歓声を上げた。真田隊は前進する。数千の大部隊が丸く密集して進む。

〈佐助……〉と幸村の内心の声。〈おれは、いくさは嫌いだ、人が死ぬのは嫌だ、つらい……しかし、おれは法度にしばられて生きるのはもっと御免なんだ〉

〈わかりました、殿……〉

〈しつこいようだが、お前はついてこないでいい。お前は生きてこそ値打ちが出る〉

〈私は私の勝手で、いっしょに行くんです、ほっといてください〉

幸村はもう何も言わず、馬腹を蹴って速度を増した。

――残念ながら馬術にかけては、殿のほうが上だ……

と悔しく思いながら、佐助も馬にしがみつくようにして必死に飛ばす。

疾走する密集した軍団のなかで、幸村はみるみる佐助を引き離して行く。彼の内心の声だけが、佐助に届いてくる……

〈見えてきたぞ、おれにも、開き扇の馬印が……家康が、かならずあそこにいる……〉

事実だった。誇り高い武将徳川家康は、陣羽織の軽装だ。

「なに、小わっぱの軍勢ぐらい、鎧兜もいらぬわ」と豪語したというが、実は太って鎧が着られなくなったのだ。

その家康が、まっしぐらに向かってくる六文銭の赤い軍団の、速度に目を見張った。

幸村は全力で疾走しながら、深く呟く。

〈家康どの、法度を発布なさる前の法度やぶり、御免……〉

その日のことは多くの記録に残されている。

膨れ上がった真田勢は、そのまま真っ直ぐに徳川勢に突入した。精強の越前兵たちも、ここを先途と戦った。みるみる真田勢の集団は細くなって行く。

越前兵より被害の度は大きい。ただ一途に、まっすぐに、家康の馬印に向かって進んで行く。

佐助は思う、こんなに厚かったかと思う味方の壁が、突進を続けるうちに、ぎゅーっと薄く、細くなる。こんなに俺たちは少なくなったか、と思う。もう敵の叫び、怒号、息づかいさえも、味方のそれより大きく聞こえる。

徳川方の誤算は、まさか何層もの陣立ての越前勢が破られて、旗本たちが敵の正面にさらされるとは夢おもわなかったことだ。

虚をつかれて、名だたる三河武士たちがどっと崩れ立ち、敗走する。

〈真田日本一の兵《つわもの》〉と、徳川方の記録にも書かれた戦闘だった。

そして、真田隊は塵となって消えた。


史料に、幸村は激戦場の近くの安居《あご》天神にて、西尾甚左衛門に討たれた、とあるが、おそらく影武者の、穴山小助だったろう。

ところで、佐助。

彼は徳川の旗本勢に突入してやがて塵と消える一瞬前、《鎌鼬《かまいたち》》の作るような空間の裂け目から伸びて来た細い腕につかまれ、黒い空間に泳がされた。

――お紀伊、おれをどうする気だ？　……

5

暗い空間を漂いながら、佐助は言う。

〈お紀伊、おれをどこに連れて行くんだ？〉

お紀伊の声が聞こえる。

〈考えたんだけどさ……やっぱり、会ったほうがいいよ、親に……〉

〈親に？〉

〈父親はすぐに始末されちまったようだけど……母には会える〉

佐助が混乱しているうちに、暗黒空間の彼方に明るい部分が見えて、その方角へどんどん近づく。

〈これが、次元の狭間《はざま》か？　……あの明るく燃えている火は？〉

〈お城が燃えてるんだ、大坂城が……〉

そして、隙間から放り出された。お紀伊が手をにぎっていてくれた。

ここは本丸だ、と佐助にもわかる。

〈さ、こっち……〉

ふいに、女の部屋に出た。華やかな色彩が眩しい。

女たちが、せいいっぱい着飾っているのだ。その侍女たちの中央に……
淀君がいる。
面と向かうのは初めてだ。
――似ている。
だれに？　そう、お紀伊に似ている……それだけじゃない、どこか……
淀君は、まっすぐ佐助を見て、微笑んだ。
「お帰り」
――何だって、お帰り？
「すぐわかるよ、お前の縮れて赤茶けた髪の毛、ずんぐりした獣のような体つき
……」
お紀伊が言う。
「説明がいります、いきなりですもの」
淀君は首を振る。
「わかっているよ、この子も……私が母親だって。会ってしまえば、これ以上たしか
なことはないもの……私の顔に、自分をみつけているのさ……」
そして、十七歳のとき、柴田勝家の越前北の庄城から、落ちて来て、前田利家の越
前府中城に引き取られたこと、北の寂しい城だったけれど、利家はお茶々、お初、お

江《ごう》の三姉妹を出来るだけもてなしてくれた、と語る。

「南蛮の芸人たちの一座が、いろいろ面白い芸を見せてくれた……その中にまだ少年と言っていいような年頃の、猿のような子がいた。私はその一番不格好な子を選んで、誘惑して抱かれたの」

城というものは、戦時でもなければ、すみずみまで目が行き届くものではない。それに、男女が抱き合うのにそれ程の時間が必要なわけでもない。

お茶々のお腹が大きくなっても、肥ったぐらいにしか気づかれず、ごくわずかの人達が面倒を見た。両親はなし、織田信長の姪が、南蛮人の子を産むわけにはいかなかったのは、しかたがない。

「そのとき、太閤さま——そのころの羽柴秀吉さまに、お目にかかってはいなかったのだけれど、その意を受けてひそかに動いたのが」

「真田の殿だったの」お紀伊が注釈する。

まだ若い幸村は、秘密のうちに手配をした。こころ利いた夫婦に、赤子を抱かせて信濃に向かわせた。越前から離れて始末する必要があった。

ところが、惨事が起きた。落雷とともに、大きな隕石が落下して巨木をまっ二つに割き、炎上させた。夫婦は哀れにも死んだ。

「赤子も死んだと聞かされていた……でも、なんとか捜し出し、目をはなさないでいてくれた人たちがいたのね」

そんな話を聞くうちにも、城の炎上はひろがっていた。合戦は基本的にはもう終わっていた。あとは、避けることのできない勝者の敗者にたいする略奪や凌辱の悲惨だ。

「でも、よかった！　……お前も帰ってきてくれた。なんて心強いこと！」

憑かれたように喋り続ける淀君に対して、佐助の心は近づけなかった。侍女や使い番の武士の注進があって、淀君たちは本丸の奥の、山里曲輪の蔵の中へ逃げることになった。

なお呆然から覚めきれてない佐助の手を、お紀伊が引いた。

「さ、しゃんとしてっ」

淀君が目を光らせた、二人の様子に、見るべきものを見た。

「おまえたち……その手……」

お紀伊は握った佐助の手を放さない。

淀君は叫ぶように言う。

「お前たち……いっしょに生まれた兄妹なのよ！」

男と女の双生児が、それほど似ていないのは珍しくない。いっしょに生まれた兄妹にすぎない。どっと煙が押し寄せて来た。

その中で、佐助は思い出していた。

火のなかに、女の子といた。いつも、彼女といた……いつか、彼女を守らなければ、と幼い心で思うようになっていた。

秀頼公が姿を見せた。同行しながら、大野修理が、交渉の不調を報告している。この期に及んでも、秀頼と淀君の助命を徳川に嘆願しつづけていたのだ。秀頼の妻は、徳川秀忠と、淀君の妹お江の間に生まれた千姫である。

千姫が侍女たちとともに火と煙に追われて逃げてくると、しっかりその袖を淀君がつかんだ。目が据わりはじめている。

秀頼が言う。

「修理……おふくろさまの側にいてやってくれ」

「承知仕る」

修理が淀君に寄り添って肩を抱くと、彼女は子供のように修理に抱きすがって泣き崩れた。修理はお紀伊に目配せをした。

お紀伊は頷いて、佐助に、

「いっしょに来て」

千姫の手を、佐助とお紀伊が両方からとると、炎と煙の中を走りだす。

佐助はちらと母親であるらしい人に目をやったが、足は勝手に疾走しはじめていて、見る間に修理と抱き合う淀君、そしてこっちを見て頷いている背の高い秀頼の姿は遠くなる。

6

大坂城は、佐助とお紀伊が千姫を助けて脱出してから、三日も燃えつづけていたが、ついに轟音を発して崩壊した。

それを遠く見て、佐助はなぜか、自分が愉快に思っていることに気づく。意外な心のはたらきだった。すこし、驚いた。

かりにも昨年の秋からこの夏にかけて、そこで暮らした。愛着もあると思っていた。お紀伊は、ひっそりと泣いている。当然だと思う。

隕石の落下によって受けた異変を、赤子のとき、女の子のほうがより強く受けたのかも知れない。お紀伊には佐助ほどの記憶の脱落がない。そして、次元の狭間に入り込むことも、急速な移動も、そのほか多くの能力を受けていて、それは彼女にとって、被害であり、多くの場合に障害でしかなかった。

佐助は、遠く落城を見て、あの石垣の一つ一つを、みなが運んだのだと思う。石垣は積んだ仲間たちの命をわけ持っている。しかし淀君さまたちには、しょせん石は石、人間たちも石垣の石とそれほど遠いものには見えていなかったのではないか。

お紀伊が、がっくりと蹲《うずく》まっている。小さくなったように見える。

「ごめんね、佐助。……こんな私、見せたくない……」

彼女のすぐれた能力が著しく体力を奪ったのだ、と佐助は思う。

彼は、萎んだようにさえ見える彼女の肩を抱こうとした。すると、驚くほど強く彼女がそれを拒んだ。

じつは、お紀伊の体には《かまいたち》が切り裂いたような傷が深く大きく口を開けていた。強烈な力で抑えこまねばどっと大量の血がほとばしるだろう。それを彼女はどうあっても佐助に知られたくなかった。


鴉の声がやかましい。

焼け跡に、まだ死体が山積みのままだからだ。

そこで、岩吉が泣いている。予定どおり、死体に埋まって助かって、ようやく這いだしたのかもしれない。手に女の衣類の一部らしいものを握っているのは、真田丸で親しんだ痩せぎすの女のものか。赤黒いのは血潮か。

岩吉はかき口説くようにぼやく。通りかかった佐助をつかまえて放さない。

「なあ……なんでこの世に、あんねんやろな、いくさなんて……こんな、しょうもない……むごたらしい……釣り好きの隠居はんが言うとったな、そら、やはりしたい奴がおるさかいやろ、て……せや、大名たらいう殿様たちが悪い、侍たちがわるい……けど、そら、ついて行くおれらがおるさかい……ああ、お手代はん……あんた賢そうな顔いっつもしてはるさかい、教えてや……この世が、上が下に、下が上に、ひっくりかえったら……ちぃとはましな世の中になるのやろか……なあ……」

佐助は答えなかった。強いて言葉を発するなら、

「わからない」というしかなかった。

一望千里の焼け跡に、佐助は声にしたつもりはないのに、声がひびいた。

「わからない、わからない、わからない……」

鴉が驚いたように舞い上がり、また舞いおりて、しつこく死体をついばむ。

千姫は、お紀伊と佐助の力で、無事に徳川の本陣にたどりついた。千姫は夫と淀君の助命を嘆願した。家康は、その判断を、秀忠にゆだねた。

〈いくさは終わった。これからは、お前の仕事だ〉というように。

秀忠は一瞬の迷いもなく、言った。

〈清盛が、もし常盤の色香に迷わず、牛若・乙若の首をはねていたら、平家はいまに続いていたでしょうに〉

そして具体的な指令のみを待っている使い番に、

〈豊臣の胤《たね》は草をわけて探しても断て〉

と命じた。

淀君と秀頼、そして大野修理が山里曲輪の蔵で自害したのは、秀忠の返答を待たずして、だったたようだ。

街道を旅姿のおくにが行く。連れは女姿に戻ったおゆみ。もう伊三入道ではない。頭には布を巻いて頭巾のようにしている。

ともすれば歩みの滞るおゆみが、また大坂を振り向いて言った。

「うち、やっぱり、あこで死んでしもたほうが、よかった……」

「なにいうとんね。お前の体は、清治さん、いや三好清海入道さんから、私がしかと預けられたのや……お前には、まだ《かぶきおどり》という仕事がある……けど、なんやしらん、これから《かぶきおどり》も、やりにくうなるのとちがうかな……」

「へえ……あれ、それはまた、どないしてですやろ?」

「うん……」

おくにも振り返って、もう大坂城の見えない大坂を見やった。

「見物衆の胸の中に、かぶきものが生きとるさかい、舞台の《かぶきおどり》も受けたのや、て私は思う……さて、これからは、どないになるやら……」

それでも、おくには微笑して言った。

「天下一のかぶき男は、幸村はんだったとちがうか……」


佐助の足は信濃に向かっていた。

「帰ろう」と、彼は自分に呟いたのだ。しかし、どこへ？

いつの間にか、やって来たのが信濃だった。

そこを故郷だと佐助が認識しているわけではない。

この年の秋は短く、もう冬の風が、吹きはじめている。

風が竹垣を鳴らして、悲しい音を立てる。

〈虎落笛《もがり》〉という。しかしこの音も、天然の雑木林などでは鳴らない。竹林ですら音がちがう。あんなに、ゆいーん……と悲しく吠えるのは、竹を割って、竹垣にするなどの人の手が加わったときなのだ。

もがり笛に迎えられて、一歩一歩、佐助は山道を行く。

この村で、あの里で、佐助は女たちの乳を貰って生きた。女たちは、分け合うことで生きることを知っていた。分け合うものは、いのち。おそらく、それがすべてのはじまりかもしれない。

〈そうかもしれない……〉と、あれきり佐助の前から姿を消してしまったお紀伊の声が聞こえた。

――そうだよな、お前と話が出来るんだから、こうして。

――さびしくないよね。

――さびしくない、ひとりじゃないから、おれは。

そのとき、里から赤子の声が聞こえた。

ああ、あれはおれの声だ、と佐助は思った。

またお紀伊の声だ。

――会えるよね、また、いつか。

「ああ、会えるさ」

と、佐助は大きく声に出して言った。

資料としてとくに、小笠原恭子著『出雲のおくに』（中公新書）を参考にさせていただきました。感謝いたします。

著者

本作品は当文庫のための書き下ろしです。

編集協力　遊子堂

文芸社文庫

猿飛佐助の憂鬱

二〇一四年二月十五日　初版第一刷発行

著　者　福田善之
発行者　瓜谷綱延
発行所　株式会社 文芸社
〒一六〇‐〇〇二二
東京都新宿区新宿一‐一〇‐一
電話　〇三‐五三六九‐三〇六〇（編集）
〇三‐五三六九‐二二九九（販売）
印刷所　図書印刷株式会社
装幀者　三村淳

ISBN978-4-286-15087-1

[文芸社文庫　既刊本]

贅沢なキスをしよう。
中谷彰宏

いいエッチをしていると、ふだんが「いい表情」に。「快感で人は生まれ変われる」その具体例をあげて、心を開くだけで、感じられるヒント満載！

全力で、1ミリ進もう。
中谷彰宏

失敗は、いくらしてもいいのです。やってはいけないことは、失望です。過去にとらわれず、未来から今を生きる——勇気が生まれるコトバが満載。

フェイスブック・ツイッター時代に使いたくなる「孫子の兵法」
村上隆英監修　安恒　理

古代中国で誕生した兵法書『孫子』は現代のビジネス現場で十分に活用できる。2500年間うけつがれてきた、情報の活かし方で、差をつけよう！

「長生き」が地球を滅ぼす
本川達雄

生物学的時間。この新しい時間で現代社会をとらえると、少子化、高齢化、エネルギー問題等が解消される——？　人類の時間観を覆す画期的生物論。

放射性物質から身を守る食品
伊藤　翠

福島第一原発事故はチェルノブイリと同じレベル7に。長崎被ばく医師の体験からも証明された「食養学」の効用。内部被ばくを防ぐ処方箋！